小さな大魔法使いの自分探しの旅

親に見捨てられたけど、
無自覚チートで
街の人を笑顔にします

author
藤なごみ

絵　駒木日々

ナナリー
カエラ
セレン
守備隊の隊員で、幼馴染の三人組。
面倒見がよく、保護したレオの世話をする。
レオ
色々と不幸な境遇を背負う、
美少年主人公。
無自覚ながらチートな才能を持ち、
関わる人々を幸せにしていく。

リーガル
司祭。優しそうな見た目に
反して、腹黒く利己的。
ガンドフ
有名な剣士。
膝に大きな怪我を負っている。
ブラッド
守備隊の隊長。
レオの成長を陰ながら
見守っている。
登場人物紹介

プロローグ

「では、確かに十万ゴールドですよ」

「おう」

寂れた田舎《いなか》町。交通の便の悪さに加えて若者の流出が止まらない、荒廃《こうはい》した死にゆく小さな村。

そんな村の一角にある小さな家の前で、恰幅《かっぷく》の良い行商人が身なりの悪い中年男性にお金の入った袋を手渡した。中年男性の横には同じく身なりの悪い中年女性がおり、袋を開けて中に入ったお金を見るとニヤリと歪《いびつ》な笑みを浮かべた。

そして、ニコニコと作り笑いをした行商人の隣には赤い短髪の護衛がいた。行商人の護衛は他にも何人かいたが、小さな男の子の肩を掴《つか》んで動けないようにしている。

男の子は黒髪のボサボサ頭で、とても小さく酷《ひど》く痩《や》せ細っていた。

「いやあ、こちらとしても良い買い物ができました。希少な天然の黒髪を持つ者を購入できるとは」

行商人は、揉み手をしながら中年男女に話しかけていた。

行商人は黒髪を持つ者を購入した。

そう、行商人は護衛に押えつけられている黒髪の男の子を購入したのだ。

この世界では、人身売買は基本的に禁止されている。特に子どもを扱う事は厳禁だ。

しかし、貧しい村では金を得るために子どもを売る慣習が残っていた。まさに黒髪の男の子は、今両親によって行商人に売られたところだった。

そして、中年男女は黒髪の男の子にニタニタと薄《うす》ら笑いを浮かべながら、とんでもない事を叫んだ。

「へへへ、お前はもう用なしだ。俺らの金に替わるだけありがたいと思え！」

「ふふふ。あんたの顔を見なくて済むなんて、本当にせいせいするわ」

「そ、そんな。お父さん、お母さん……」

男の子の両親は人の親としてあるまじき言葉を男の子に向けて放つが、この村の住人は誰も止めなかった。

この両親と関わりたくないとの思いなのか、全ての家の扉が閉じられていた。男の子は自身の身に起きた絶望に、思わずペタリと座り込んでしまった。

「よっと」

「……」

行商人の護衛は、男の子を馬車の荷台に乗せるために担《かつ》ぎ上げた。男の子はとても軽く、難なく馬車に乗せられた。

男の子はショックから立ち直れず、いまだに黙り込んでいた。

パタン。

そして、男の子が生活していた小さな家の扉が閉まった。もちろん、両親であった中年男女が家の扉を閉めたためだ。既に中年男女の関心は手元にあるお金に移っていて、男の子の事などどうでも良かった。

「よし、出発するぞ」

「おう」

行商人も、護衛と共にさっさと馬車に乗り込んだ。彼らは、思わぬ商品を手に入れてご機嫌だった。

「ダンナ、大丈夫かい？　貴重な黒髪の坊主《ぼうず》をこんなはした金で買って」

「良いんだ。どうせ奴らは酒を買う金が欲しかっただけだ。それに、もうこの村に来る事はないし、他の商人もこの村に来ない。人身売買の相場なんて、この村の住人が知る由《よし》もないさ」

「はは、流石《さすが》はダンナだ。頭が切れるようで」

「ふふふ、商売は頭でやるもんだよ。珍しい黒髪の持ち主なら、最低でも一千万ゴールドからだろうな」

カラカラカラ。

馬車は足早に村を出ていった。

行商人と護衛は相場よりもかなり安い金額で男の子を購入できて、笑いが止まらなかった。

過疎の村だからこそ、ボロ儲《もう》けができたと思ったのだろう。

「……」

一方で、男の子は遠ざかっていく村を荷台からただ眺めていた。いまだに頭の中の整理ができておらず、自分の置かれた状況も理解できなかった。

カラカラカラ。

馬車が村を出て数分もすれば、街道から村は全く見えなくなった。それでも男の子は、ずっと村のあった方角をぼんやりと見つめていた。

暖かい春の陽射しが降り注ぐこの日は、男の子がこの世に生を受けてちょうど四歳になった誕生日だった。

しかしながら、男の子はその誕生日に両親によって売られてしまったのだった。

章　両親に売られた男の子

中世ヨーロッパに似ているようで少し違う世界。

魔法が存在し様々な魔導具も生産され、それらが人々の生活を支えていた。また、未開発の土地も多く、数多くの冒険者が活動していた。

この世界の一部では、シェルフィード王国とターランド帝国という二つの国が争いを続けていた。戦争を行う理由は様々ながら長年戦争をしては停戦を繰り返し、今は辛《かろ》うじて平和な時が訪れていた。

そして、そんなシェルフィード王国の片田舎に、僕——レオが生まれた。

荒廃が進む田舎だが、父親の両親がそこそこの遺産を残していたため、僕の父親と母親は働く事なく生活していた。

しかし、僕が生まれた事は両親にとっては予想外だったらしい。元々両親は子どもを作る事を考えていなかったのだが、酔《よ》っぱらった父親が同じく酔っぱらった母親と情事を起こした結果、僕が誕生した。

僕が誕生して以降、父親はアルコール依存症になった。母親は育児ノイローゼになり、僕が二歳の頃にはアルコールが手放せなくなった。両親は日中もお酒を飲むようになり、一気にお金の浪費《ろうひ》が激しくなった。

「お前が生まれたから俺達はおかしくなった」

両親は、僕に向かって暴力を振るいながらそんな事を度々《たびたび》口にしていた。

僕は何で殴《なぐ》られなければならないのだろうか、その理由が本当に分からなかった。僕は殴ってくる両親に向かって、ごめんなさいごめんなさいと繰り返し言っていた。

そして家の中が荒れ果てていく中、僕が四歳を迎える前に遂に資産が尽きた。

お酒を買えなくなり困ってしまった両親は、たまたま村に訪れていた行商人に僕を売ろうとした。

この行商人は、シェルフィード王国で禁止されていた違法奴隷《どれい》を扱っていた。そして行商人は僕をジロジロと見るなり、僕を売りたいという両親の申し出を快諾した。

後で馬車の中での行商人と護衛の話を聞いて分かったのだけど、僕はこの世界ではとても珍しい黒色の髪をしているらしい。今まで鏡などで自分の顔を見た事がなかった僕は、自分の髪がどんな色をしているかすら分からなかった。

でも、僕の立場では何も言えない。というか、ほとんど何かを言う間もなく色々と決まってしまった。こうして、僕は絶望感に包まれたままあっという間に行商人に売られてしまった。

僕は馬車の中から遠ざかっていく村の様子をぼんやりと眺めていたらしいけど、その事をよく覚えていなかった。

そして、僕を乗せた馬車は街道をどんどんと進んでいく。正直なところ、僕は馬車に乗っている間の事をぼんやりとしか覚えていなかった。これから僕はどうなっちゃうんだろうと、ずーっとぐるぐると考えていた。

ただ覚えていたのは、家で食べていたご飯よりもずっと美味しいご飯が出てきた事だった。

いつも僕は両親の食べ残しを与えられただけでキチンと食事を食べていなかったので、とても嬉しかった。ちなみに馬車の中で行商人と護衛が何かを話していたけど、僕には難しい話だったので理解できなかった。


僕が村を出てから五日目、街道を進んでいた馬車をアクシデントが襲った。

それは、昼食を食べるために一旦街道の端に馬車を止めて皆で休んでいる時だった。

「ほら坊主、パンでも食べろ」

「うん」

「ったく、こんな安っぽいパンを美味しそうに食べるなんてな」

僕は横倒しになっている木に座りながら、行商人の護衛である青い髪をオールバックにしている剣士からパンを貰《もら》ってもぞもぞと食べていた。

　僕の横では、他の護衛である赤い短髪の人とスキンヘッドの大柄な人、恰幅の良い行商人が馬車と馬を見ながら話をしていた。

「あと半日もあれば、セルカーク直轄領《ちょっかつりょう》に着くな」

「ああ。坊主はそこでは売らないけど、ちょっとした上客と話す事があるんだよ」

「また儲け話か？　ダンナは頭が切れるな」

「ははは、今回は儲け話をするんじゃないんだよ。でも、話を聞くのも大事な仕事だ」

　おそらく商売の話をしているんだと思うけど、僕にはいまいちよく分からなかった。でも、次の街までは半日で着くんだと思った。

　そしてパンを食べ終わって、荷馬車に乗ろうと木から立ち上がって、ぱんぱんとお尻をはたいた時だった。

　しゅっ、グサッ！

「ギャー！」

「くそ、襲撃か」

「荷を守るぞ、すぐに出発だ！」

　突然行商人の護衛である、スキンヘッドの男の足に矢が刺さったのだ。スキンヘッドは痛みに呻《うめ》いて、地面に転がりながら矢の刺さった足を抱えていた。

他の護衛は、行商人を守るように剣を抜いて森の方に視線を向けていた。そして行商人と共に、馬車を出発させようと急いで乗り込もうとしていた。

一方、僕はというと、咄嗟《とっさ》に頭を抱えながらしゃがみ込んだ。結果的に、僕の取った行動は正解だった。

しゅしゅしゅ！

グサッ、グサッ、グサッ！

「うおっ」

「ぐあー！」

「痛い痛い痛い！」

「えっ、あっ」

森からさらに複数の矢が飛んできて、行商人と護衛に突き刺さったのだ。

よく見ると、最初に矢を受けたスキンヘッドの頭にも複数の矢が刺さっていて、スキンヘッドは全く動かなくなっていた。

僕は行商人と護衛の上げた悲鳴に一瞬顔をそちらに向けたけど、スキンヘッドの惨状を見てまたもや視線を下げて目をつぶった。

「「ヒヒーン！」」

「ぐあ、暴れるな、暴れるな！」

さらには荷馬車をひいていた二頭の馬にも矢が刺さったらしく、馬は痛みのあまり大暴れしていた。咄嗟に赤い短髪の護衛が馬をどうにかしようとしたけど、全く手に負えなかった。

ガサガサガサ。

「おーおー、今回は当たりっぽいぞ」

「そうだな、中々の上客だな」

「へへへ。すぐに殺してしまって、さっさと獲物を奪って帰るか」

僕が音のした方を振り返ると、森の中から五人の男が現れた。

全員が手に剣を持ち、何か良いものを見つけたようなニタニタとした不気味な笑みを浮かべている。

僕は咄嗟に馬車の陰に隠れて、森から出てきた男達の様子を窺《うかが》っていた。

「ぐ、くそ。その緑色の短髪、バラス盗賊団の者か？」

「おっと、俺達の名前を知っているとは。お前は中々物知りだな」

「はは、この辺りでバラス盗賊団を知らない奴はいないさ」

赤い短髪の行商人の護衛は、森から出てきた男達の事を知っているみたいだった。赤い短髪の護衛は、矢を受け汗だくになりながら緑色の短髪の男を睨《にら》みつけている。

緑色の短髪の男は関心したように腕を組んでいた。

「うわ、うわ、うわうわうわー！」

「おい、よせ。焦《あせ》るな！　止まれ！」

と、ここで青いオールバックの男が、大剣を手にして緑色の髪の男のもとに突然走っていった。

青いオールバックの男の表情は、目を血走らせたりよだれを飛ばしたりしていて、とってもヤバい事になっていた。

赤い短髪の男が青いオールバックの男を止めようとして叫ぶけど、その声は全く聞こえていないようだった。

「はあ、頭がおかしくなった馬鹿がいるよ。やっちまえ」

「はいはい。そういう馬鹿には、キツいお仕置きが必要だな」

「うわーーーー！」

緑色の短髪の男がため息をつきながら、隣にいた暗めの茶髪のロングヘアの男に指示を出した。

そして、茶髪のロングヘアの男が右手を上げると、突如として男の顔の大きさくらいの火の玉が出来上がった。

「そらよ」

しゅ、ぼっ。

ボーーー！

茶髪のロングヘアの男が火の玉を投げると、青いオールバックの男に直撃して一気に燃え広がった。

「ぎゃーーーー！」

「がはは、馬鹿はよく燃えるなあ」

青いオールバックの男は悲鳴を上げながら地面を転がっていたけど、やがて真っ黒焦げになって動かなくなった。

そんな青いオールバックの男の様子を見て、茶髪のロングヘアの男はお腹を抱えて大笑いしていた。

こんな状況で笑えるなんて、この茶髪のロングヘアの男は誰がどう見たって頭がおかしいよ。

「さて、こちらも時間がないのでな。さっさと片付けさせてもらうぞ」

「ちっ、俺もただでは終わらないぞ！」

赤い短髪の護衛が剣を手にして、緑色の短髪の男目がけて走り出した。

だが、緑色の短髪の男の前に緑色のツンツン頭の男が、短剣を手にして立ち塞《ふさ》がった。

「せい、やあ！」

「ぐっ、中々やるな。だが、傷だらけの体ではもう限界だな」

緑色のツンツン頭の言う通り、赤い短髪の男は体に何本もの矢を受けていて出血も多い。最初は赤い短髪の男が緑色のツンツン頭の男を押していたけど、すぐに動きが悪くなった。

どしゅ。

そして、隙をついた緑色のツンツン頭の男が、ニヤリとしながら赤い短髪の男の胸に短剣を突き刺した。

「ぐぶぅ……」

「まあ、良くやったよ。雑魚《ざこ》にしてはな」

バタン。

赤い短髪の男は、口から血を吐きながら地面に倒れて動かなくなった。

緑色のツンツン頭の男が、それをニヤリとしながら見下していた。

どさ。

この惨状に馬車の物陰に隠れていた行商人が、腰を抜かして尻もちをついてしまった。

「ひっ、ひいいい！」

行商人は全身が震えてかなり怯《おび》えた表情をしているが、護衛が全て死んでしまってどうしようもなくなっていた。

「ほら、お前はこっちに来るんだよ」

「へあー！」

緑色のツンツン頭の男が、面倒くさそうに行商人の襟首《えりくび》を掴んで引きずってきた。行商人は、わけの分からない言葉を発しながら手をバタバタとさせていた。

ぽい、ドサッ。

行商人は緑色のツンツン頭の男に投げ捨てられ、仰向《あおむ》けに転がった。

「はぐっ、はあああ……」

「ははは、醜《みにく》い格好だな」

地面に転がった行商人を見て、茶髪のロングヘアの男が高笑いした。怯えた顔をした行商人は、失禁をしたのかズボンが濡《ぬ》れていて、全身の震えが止まらなくなっていた。

「あの赤い髪の護衛は、腕はまあまあ良かったなあ。まあお前らは、俺らに目をつけられた時点で終わりって事だ」

「ひぃぃぃぃぃーーーー！」

あの茶髪のロングヘアの男がまたもや手に火の玉を出しながら、にやにやとして喋《しゃべ》っていた。行商人は真っ青な顔をしながら、声の限りに叫んでいた。

しかし、それもすぐに終わってしまった。

ぽい、ボワッ！

茶髪のロングヘアの男は、ニタニタしながら行商人目がけて火の玉を投げつけた。

行商人は、なすすべなく燃え上がっていった。

「ぎゃーーーーーーーー！」

「ははは、肥《こ》えた豚はよく叫ぶなあ」

茶髪のロングヘアの男は、火だるまになった行商人の断末魔の叫びを聞きながら笑っていた。そして行商人は脂《あぶら》の焼け焦げた嫌な臭《にお》いを放ちながら、真っ黒焦げになって動かなくなった。

「さて、っと」

ジロ。

びくん。

あの緑色のツンツン頭が、僕が隠れている馬車の物陰の方をジロリと見てきた。

僕は、体がびくんと跳ね上がった。

たっ、たっ、たっ、たっ。

あの緑色のツンツン頭が、僕のいる場所に近づいてきた。

ど、どうしよう。

心臓がバクバクいって、全然落ち着かない。

ざっ。

「おい、そこのガキ。隠れているのは分かっているんだ。出てこい！」

ドキンドキンドキンドキン。

み、見つかった。

いや、とっくに見つかっていたのか。

あの緑色のツンツン頭の大声を聞いた僕は、体が震えてきてしまった。に、逃げなきゃ。逃げないと、僕も殺されてしまう。

だっ。

「はあはあはあはあ」

「ははは、追いかけっこか？　相手してやるぞ」

僕は、何とかしようと思い切って走り出した。とにかく逃げなきゃと思って、僕なりの全力で走った。

僕の背後からあの緑色のツンツン頭の声が聞こえてくるけど、今の僕にはそんな事を気にする余裕はなかった。

「はあはあはあ。うぐっ、はあはあはあはあ」

「頑張れー、頑張って走らないと捕まっちゃうぞ。あははは」

笑い声が僕の背後から聞こえてくる中、僕は一生懸命に走った。

でも、もう息が上がって胸が苦しくて、体は限界を迎えていた。

それもそのはず、まともに食事をしていないので体力が全くなかったのだ。

「はあはあはあ、あっ」

こけっ、ずさー。

い、痛い、痛い。

足がもつれて転んでしまった。

で、でも、頑張って逃げないと。

「ははは、残念だったな。追いかけっこは、もう終わりだよっ、と」

ぶおん、バシン！

「ギャン」

ドン！

「があ！」

僕は強烈な痛みを二回感じて、意識が朦朧《もうろう》としてしまった。

一回目の衝撃は右の脇腹に、二回目の衝撃は頭に受けた。

「はは、可哀想に。そんなに思いっきり蹴らなくても良かったのでは？　ついでに木にも頭をぶつけてるぞ」

「ああ、蹴ったらガキがそこにいただけだよ。木にぶつかったのもたまたまだよ」

僕の意識が朦朧としている中、周りで何かを言っている声が聞こえてきた。でも、僕はそれどころではなかった。

ドクン、ドクン、ドクン。

頭の中に何かが流れてきて、心臓がやけに落ち着きながらも力強い鼓動をしていた。体の中からも何か熱いものが流れてきて、それが全身をくまなく駆け巡った。

そして、熱いものが僕の右手に集まった。

よろっ。

「お、何だ何だ？　もう一度追いかけっこするのか？　はは、もう追いかけっこは終わりだぞ」

「……」

僕は、意識が朦朧とした状態で立ち上がった。

目の前の男が僕に向かって何かを喋っているけど、今の僕にとってはどうでも良かった。

僕は無意識の中で、男に向けて右手を伸ばしていた。

ドクン、ドクン、ドクン。

僕は頭がボーッとしながらも、体中から右手に熱いものを集めた。なぜかは分からないけど、右手に集めたものを使えば何とかなると確信していた。

キュイーン。

不意に、僕の足元に魔法陣が展開した。

「うん？　何だ何だ？　これは魔法陣か」

目の前にいる緑色のツンツン頭の男が何かを言っているけど、僕の意識は男をどうにかする事に傾《かたむ》いていた。

ズドーン。

そして僕は、右手に集まった熱いものを緑色のツンツン頭の男目がけて放った。

ドカーン！

「ぐえー！」

「「「はっ？」」」

僕の放った熱いものの直撃を受けた緑色のツンツン頭の男は、体をくの字にしながら五メートル程吹き飛んでいた。

どこからかびっくりしている声が聞こえたけど、僕はまだ危ない人が四人いるのを思い出した。

どうにかしないと他の人と同じく殺されてしまう。

そう思って、危ない人の方に再び右手を向けた。

キュイーン、シューン。

ズドーン、ズドーン、ズドーン、ズドーン！

再び僕の足元に魔法陣が展開し、僕は右手に集まった熱いものを危ない人の方に乱射した。

「「「ぐわぁー！」」」

僕が右手に集めた熱いものを乱射すると、緑色の短髪の男を含む三人が倒れたのが見えた。夢中で手に集めたものを乱射したのに、放ったもの全てが正確に危ない人に当たっていた。

バシーン、バシーン。

「くっ、何で子どもの魔法がこんなに重いんだよ！」

でも、まだ茶髪のロングヘアの男が残っている。壁みたいなもので、僕の放ったものを防いだみたいだ。

あの人は、平然と人を燃やしていたからとっても危険だ。あの人をどうにかしないと、確実に僕は殺されてしまう。

キュイーン。

ズドーン、ズドーン、ズドーン！

僕は、茶髪のロングヘアの男に体の中から集まった熱いものを連続で放った。

「ググググ！」

ミシミシ。

茶髪の男が出した壁のようなものが、ミシミシと音を立て始めていた。男も表情に余裕がなくなっている。

あと少しだ。

ズドーン、ズドーン、ズドーン！

僕は熱いものをとにかく連射した。

パリパリ、パリーン。

ドーン！

「うがあー！　俺の魔法障壁が、こんなガキなんかに！」

そして、遂に茶髪のロングヘアの男が使っていた壁みたいなものが壊れ、僕の放った熱いものが茶髪のロングヘアの男を直撃した。吹き飛ばされた茶髪の男は何かを話していたけど、すぐに体が動かなくなった。

「うぐ、うぐぐ」

「くそ、体が痺《しび》れて動かん」

僕が吹き飛ばした人は、全員が声は辛うじて出せるが体を動かす事ができない状態だ。

な、何とかなったのかな。急いでこの場から逃げないと。

僕は、意識が朦朧としたまま走り出そうとした。

ぐわん。

しかし僕の全身から力が抜けて、手足に力が入らなくなった。

僕は尻もちをつくようにその場に座り込むと、そのまま力が抜けて仰向けに倒れて一気に意識を失ってしまった。

◇　◇　◇

ぱっかぱっかぱっかぱっか。

「こっちから声が聞こえたぞ」

「何だ、この焦げ臭《くさ》い臭いは」

「死体が転がっているぞ」

騎士服を着て簡易的な鎧《よろい》を装備した騎馬の一団が、馬車が止まっている街道脇に集まっていた。

一同は、現場の悲惨な状況を目の当たりにしてかなり驚いていた。

この辺を管轄《かんかつ》する守備隊がたまたま近くを巡回しており、叫び声を聞いて集まったのだ。

「ブ、ブラッド隊長。この緑色の短髪の男は、バラス盗賊団のトップじゃないですか？」

「おお、確かに手配書の絵にそっくりだな。それに、体は動かせないようだが会話はできそうだぞ」

　隊員の話を聞いたブラッドが、体が全く動かない緑色の短髪の男の側にどっかりとしゃがみ込んだ。

　ブラッドは改めて周囲を見回した。

　倒れているが辛うじて生きている五人は手配書に載っている容貌《ようぼう》と全く一緒だった。街道の木の側で倒れている子どものもとに、女性隊員が走っていった。

　ブラッドは、緑色の短髪の男にフランクに話しかけた。

「よお、天下のバラス盗賊団が一体どうしたんだよ。こりゃ、全滅じゃないか」

「ああ、全くだよ。あのガキにやられた。はは、せっかく久々の大物だったのにな」

　緑色の短髪の男は体が痺れて動けないようで、全てを諦めたのかブラッドに淡々と話し始めた。

　ブラッドも緑色の短髪の男の話に付き合いながら、周りの状況を冷静に確認していた。

　焼け焦げた死体が二体で、他に死体が二体。殺しの手口は、手配書に載っていたバラス盗賊団のものと同一だった。

　その時、倒れていた子どものもとに駆け寄っていた女性隊員が、ブラッドに向かって叫んだ。

「隊長。この子は重傷ですが生きています。どうも初めて魔法を使った時に見られる熱を出しているようですね」

「そうか。そのままじゃ辛いだろうから、上手く治療してやれ」

ブラッドは子どもの側にいる女性隊員に指示を出すと、再び緑色の短髪の男と話し始めた。

「なあ、あの坊主の魔法は凄かったか？」

「ああ、凄かったぞ。うちの魔法使いよりも良い素質を持っていた。うちのアホがわざとガキを追い詰めて遊んでいたから、手痛いしっぺ返しをくらったぞ」

「まさに窮鼠《きゅうそ》猫を噛む、ってヤツだな」

「そうだな。あのガキをスカウトすれば、俺らももっと発展しただろう」

「ははは、そりゃちげえねえ」

ブラッドは、緑色の短髪の男の話に同意していた。

いくら不意打ちをくらったとはいえ、まだ幼い子どもが大の大人を魔法でぶっ飛ばしたのだ。

どんな組織であれ、よだれが止まらない程の逸材だろう。この隊長にしても、幼い子どもは隊員にできないという規定がなければスカウトしたいと考える程だ。

そんな事を思っていたブラッドのもとに、別の隊員が話しかけてきた。

「隊長、死体を全てシーツに包みました。あと、その男以外は拘束《こうそく》しました」

「分かった。あの馬車が動けば、一気に全員運べるな。ちょっと見てこい」

「はっ」

ブラッドは隊員に指示を出しながら、自身も縄を取り出した。

「よっと、お前さんも拘束させてもらうぞ」

「お好きにどうぞ。どうせ全く動けないからな」

ブラッドは縄を手に持ち、緑色の短髪の男を拘束し始めた。

そして、これから忙しくなるぞと、気を引き締めるのだった。

二章　守備隊での生活

チュンチュン。

チュンチュン。

「うーん。うん？　あれ？　ここはどこだ？」

僕は鳥の声で目を覚まし、起き上がって辺りを見回した。

おや？

なぜか僕の体が、生まれ変わったみたいにスッキリしていた。

えーっと、確か僕は行商人を襲った男から逃げていて、足がもつれて転んじゃったはず。それで、頭を打って意識が朦朧として。

うーん、その後の事はぼんやりとしか覚えていない。

「くー、くー」

今僕がいるのは、小さな部屋だった。ベッドが二つあって、もう一つのベッドでは青色の髪の大人の女性がすやすやと寝ていた。

ベッドの周りにはチェストがあるけど、下手に触らない方がいいだろう。

状況が全く分からないから、この人に聞かないと。

ゆさゆさ、ゆさゆさ。

「ごめんなさい、起きてください」

ゆさゆさ、ゆさゆさ。

「すみません、起きてください」

「うーん、もうちょい寝かせてよ。すー、すー」

あらら、どうもこの女性は起きるのが苦手みたいだ。僕が起こすのを嫌がって、さらに毛布を深く被ってしまった。

うーん、どうしようか。

状況を確認するため、僕はドアを開けて部屋の外に出た。

廊下を歩いてみたけど、誰にも出会わない。朝早いのが原因だろうか。

すると、とっても良い匂いが漂ってきた。

もしかしたら、そっちに誰かいるかもしれない。

くー。

ちょうど良いタイミングで、僕のお腹が鳴ってしまった。

「あ、そういえば気絶して何も食べていないから、お腹がぺこぺこだよ」

僕はお腹が空《す》いているのもあって、良い匂いのする部屋のドアを開けました。

かちゃ。

「おや、坊や起きたのかい」

「うん」

良い匂いのする部屋は、どうも食堂のようだ。

厨房《ちゅうぼう》には恰幅のいいおばちゃんがいて、僕に声をかけてきた。このおばちゃんに、話を聞いてみよう。

「おばちゃん、ここはどこですか？」

「ここはセルカーク直轄領守備隊の女性寮だよ」

「守備隊っていうと、兵隊さんですか？」

「うん、よく分かったね。その通りだよ」

守備隊なんて知らないはずなのに、おばちゃんの説明がすらすらと理解できてしまった。

不思議に思っていたら、今度はおばちゃんが僕に話しかけてきた。

「そういえば、セレンはどうした？」

「セレンって誰ですか？」

「坊やと一緒の部屋に寝ていた青色の髪の人だよ」

隣のベッドに寝ていた人は、セレンっていうんだ。

うーん、でも僕が起こそうとしても起きなかったよなあ。

「あの、声をかけながらゆすって起こしたんですけど、さらに布団に潜っちゃいまして」

「ははは、あの子は昔から朝が弱いからねえ」

そうなると、女性が起きるのはもう少し先になりそうだ。

くー。

ここで、僕のお腹が再び鳴ってしまった。僕は、咄嗟に両手でお腹を押さえた。

「あっ」

「おやおや、お腹が空いているのかい？　簡単なものを用意するから待っていな」

僕は顔を赤くしながら、ニコニコしているおばちゃんに促されて席に向かう。

椅子が少し高かったので、よじ登るようにして座った。

「はい、美味しいパンとスープだよ」

僕はパンとスープをおばちゃんから貰って、バクバクと食べ始めた。

わあ、今までで一番美味しい食事だ。何と表現していいか分からないけど、とにかくとっても美味しい。

「おばちゃん、とっても美味しいです」

「そうかい、そりゃ良かった。ゆっくり食べな」

「うん！」

そういえば、何だか久々に笑った気がする。以前の家では最後にいつ笑ったっけ？

とにかくそんな僕が嬉しくなるくらい美味しい食事だった。

ガヤガヤガヤ。

「うん？　誰か来たのかな？」

「守備隊の皆が起きてきたんだよ。ついでだから、坊やの事を頼もう」

食事が終わって食器を返したら、廊下が騒がしくなってきた。

頼みたい事って何だろう？

かちゃ。

「おばちゃん、おはよー」

「お、男の子も起きたね」

「元気になって良かったね」

ドアが開くと、五人の女性が入ってきた。

どうも僕の事を知っているらしく、僕の頭を撫でながら声をかけてきた。

「おーい、誰か坊やを風呂に入れてやってくれ。セレンが全然起きないんだってさ」

「あー、セレンは非番の日はいつも遅くまで寝ているもんね。じゃあ、私がお風呂に入れてあげるわね」

「ずるーい。私も非番だから、私がやるわ」

「あわわわわ」

おばちゃんが五人の女性に声をかけると、そのうちの二人の女性が一気にヒートアップし始めた。

僕は、ぱぱぱっとあっという間に食事を終わらせた金髪の髪の長いお姉さんと、赤い髪を肩くらいまで揃えたお姉さんに手を繋がれて部屋を出た。


連れてこられたのは、お姉さん曰く、脱衣所という場所だった。

「はーい、脱ぎ脱ぎしましょうね」

「服も買い替えないとダメだね。ボロボロになっているわ」

「うーん、今はお風呂を出たらバスタオルを羽織ってもらうしかないわね」

僕はお姉さんに服を全て脱がされて、そのままお風呂に連れていかれた。

ちなみに、お姉さんは全員服を着たままです。

「はいはい、体を綺麗《きれい》にしましょうね」

「本当に黒い髪で黒っぽい瞳なんだね。珍しいわね」

「お湯をかけるよ。熱かったら言ってね」

「わわわわ」

僕はお湯をかけられて、何度も体を洗われた。僕の体はかなり汚れているので、念入りに洗っていた。

「うん、もう大丈夫ね。じゃあ、湯船に浸《つ》かりましょう」

僕の体を洗うお湯が汚れなくなったところで、僕は金髪の髪のお姉さんに言われて湯船に入った。

「はふー」

「どう、気持ちいい？」

「はい、とても気持ちいいです」

「うんうん、それは良かったわ」

記憶の限りでは、湯船に入ったのは、初めてだ。

僕は思わず気持ちいい声を出してしまった。そんな僕の様子を、二人のお姉さんがニコニコとしながら見つめていた。

お風呂って、温かくてとっても気持ちがいいよ。

「服はボロボロだから、捨てちゃいましょうね」

「髪の毛は後ろで結んでおきましょう」

お風呂から上がった僕の事を、お姉さんがタオルでゴシゴシと拭《ふ》いてくれた。腰回りにタオルを巻いてくれて、髪の毛を頭の後ろで縛ってくれた。

そして僕達が、脱衣所から出ようとした時だった。

かちゃ。

「はあはあ。あ、いた！」

僕の隣のベッドに寝ていた青いおかっぱの髪の女性が、お風呂のドアを開けて中に入ってきた。何だか、はあはあと息を切らせていた。

「セレン、やっと起きたの？」

「セレンが起きるのが遅いから、もうこの子のお世話は終わっちゃったわよ」

「そ、そんな……」

セレンと呼ばれたお姉さんは他の二人の話を聞いて、がくりと崩れ落ちてしまった。

そして、セレンお姉さんは床に手をついたまましばらく動かなくなった。

そんなセレンお姉さんの事を、他のお姉さんがため息をつきながら仕方ないと言っていた。


何とか復活したセレンお姉さんと共に、僕達は食堂に戻った。

「お、綺麗になったね。うちの子どもが、小さい時に着ていた服を持ってきたよ」

「おばちゃん、ありがとうございます」

「いいのよ。どうせもう誰も着ないし、処分の手間が省けたから」

おばちゃんが僕のために服を持ってきてくれたので、僕は腰に巻いたタオルを外してゴソゴソと着替えます。

ちょっと大きいけど、とってもありがたい。

僕は、お姉さん達と共に食堂の椅子に座った。

「じゃあ、まずは自己紹介をしましょうか」

「あっ、はい。僕はレオです」

ぺこ。

そう言えば、お風呂でもお互いに自己紹介をしていなかった。

僕は自分の名前を言ってから頭を下げた。

僕が挨拶をしたら、目の前に座るお姉さん達がなぜか悶《もだ》えていた。

「ごほん、ごめんね。私はセレンよ。しばらく一緒の部屋で暮らす事になるわ」

「セレンお姉さん、よろしくお願いします」

「こちらこそよろしくね」

僕がニコリとしながらセレンお姉さんに挨拶すると、セレンお姉さんの横にいた金髪のお姉さんと赤い髪のお姉さんが小さくズルいと言っていた。

「私はナナリーよ。セレンがいない時は、私と一緒に寝ましょうね」

「あ、ナナリーずるいわよ。私はカエラよ、私とも一緒に寝ましょう」

「はい、ありがとうございます。ナナリーお姉さん、カエラお姉さん」

金髪のお姉さんがナナリーお姉さんで、赤い髪のお姉さんがカエラお姉さん。二人は青いボブカットのセレンお姉さんとも仲が良さそうで、とっても良い人だと感じた。

ちなみにナナリーお姉さんとカエラお姉さんはお胸が大きいけど、セレンお姉さんは少し控えめだ。この話をセレンお姉さんには絶対に言ってはいけないと思った。

「さて、レオ君が保護された時の話をしないといけないわね」

「はい、僕も自分の事を話さないといけないですね」

「レオ君は賢いわね。じゃあ、最初にレオ君の話を聞いていいかしら」

セレンお姉さんがお互いの状況を話そうと提案して、まず僕から話をする事になった。上手く説明できるかな。

「えーっと、僕は気を失っていた所から馬車で大体四日、五日くらい進んだ村で生まれました。お父さんとお母さんは働いていなくて、お酒ばかり飲んでいました。それで、お金がなくなっちゃって、ぐす、お父さんとお母さんは、うっぐ、僕の、四歳の誕生日に、うっう、僕を、商人にお酒のお金の代わりに、売ったんです……」

「そう、それは辛かったわね。よく頑張ったね」

「うわーーーーん」

　僕は自分の事を話している内に、涙が止まらなくなってしまった。涙をポロポロと落としている僕を、セレンお姉さんが優しく抱きしめてくれた。これまで溜まっていた気持ちが溢れたのか、僕はセレンお姉さんに大泣きしながらしがみついた。セレンお姉さんが背中を撫でながらあやしてくれる。

「こんな小さい子を、お酒を買うお金欲しさに売るなんて」

「しかも誕生日に売るなんてありえないわ」

　ナナリーお姉さんとカエラお姉さんも、目尻に溜まった涙を指で拭《ぬぐ》いながら僕の頭を撫でてくれた。この場にいた他の人も僕の境遇を聞いて涙を流していた。食堂のおばちゃんも目尻を押さえていた。

　そして僕は、セレンお姉さんに抱きついたまましばらく泣き続けた。

「ご、ごめんなさい。セレンお姉さんにずっと抱きついて泣いちゃって」

「いいのよ。辛い時は泣いていいものなのよ」

どれだけ泣いていたか分からないけど、ようやく涙が止まったところで、セレンお姉さんから離れました。

僕は、服の袖で涙の跡を拭いてから話を続けた。

「あの日は、昼食のパンを食べて出発しようとした時にいきなり矢が飛んできました。僕は、急いで馬車の後ろに隠れてたんですけど、次々と人が殺されたり燃やされたりしていました」

「そうなのね。そこは、確かに行商人を襲った盗賊の話と合致するわ」

僕達を襲った人から、お姉さん達は話を聞いていたんだ。

でも、その後はぼんやりとしていたからあまり覚えていなかった。

「僕は男に殺されると思って、走って逃げました。そうしたら足がもつれて転んでしまって、すぐにお腹と頭にとても強い痛みが襲ってきて。その後は、あまり覚えていないんです。ぼんやりとだけど体中から何かが流れている感覚があって、それを右手に集めてから僕を襲ってきた人に目がけて放っていました」

「殺されそうになって、無意識の内に魔法を放ったのね。ツンツン頭がレオ君を蹴ったら木で頭を打ったと言っていたけど、もしかしたら頭を強く打った事で力に目覚めたかもしれないね」

あの二回の衝撃は、お腹を蹴られたのと木に頭をぶつけたからか。

でも衝撃の後は、ほとんど何も覚えていない。

「そう、なのかもしれません。よく覚えていなくてごめんなさい」

「レオ君が謝る事はないわ。でも、これで盗賊達の話の裏付けも取れたわ」

僕の話を聞いたセレンさんはうんうんと納得しているみたいです。とりあえず僕の話は問題ないようです。

今度はセレンさんが話を始めました。

「昨日、私達はちょうど近くの街道の巡回をしてたのよ。そうしたら、誰かの叫び声が聞こえてきたの。で、現場に着いたらとんでもない事になっていたわ」

「そうなんですね」

「生き残っていたのはレオ君を含めて六人で、他の五人は全てレオ君の魔法でやられた盗賊だったわ。レオ君が使ったのは、上位魔法の雷魔法だったみたい」

僕が放ったのは雷魔法だったんだ。でも、無意識とはいえ誰も殺さなくて良かった。盗賊と同じように人を殺すなんて嫌だもん。

セレンさんの話を聞いた僕は、自分の右手の手のひらをジロジロと眺めていた。

「まあ、レオ君と行商人を襲ったのが残忍で有名なバラス盗賊団だったのもあって、調査部隊は大忙しよ。逆に言うと、レオ君の打ち立てた功績はとっても大きいわ」

「うーん、僕も無我夢中だったので、全く実感が湧かないです」

セレンお姉さんは僕の言葉を聞いて、ちょっと肩をすくめながら苦笑していた。

でも僕が倒した相手は、そんなに凄い人だったんだ。

「レオ君は被害者側で唯一生き残った人物ってのもあるから、保護を兼ねてこのまま私達と一緒にいてもらうわ」

「少なくとも、バラス盗賊団の捜査が終わるまではね。ちょっと時間がかかりそうな気もするけど」

「本当はレオ君を両親のもとに返すのも一つの手なんだけど、人身売買の話が出てきたからそれも難しいわ」

「僕も、両親のもとに戻るのは抵抗があります。このまま、お姉さんと一緒にいさせてください」

セレンお姉さんとナナリーお姉さんとカエラお姉さんの話が終わりました。

僕は暴力を振るう両親の所には戻りたくないし、何よりもお姉さん達がとても良い人だからこのままここにいたいと心から思いました。

「レオ君には悪いんだけど、まだ色々とやる事あるのよ。この後、私達について来てね」

セレンお姉さん達は、僕を別の所に連れていくそうです。

僕はセレンお姉さんに手を引かれながら、女子寮を出ました。

目的の場所はすぐ近くで、守備隊の事務所のような場所だった。

僕はセレンお姉さんと手を繋いだまま、そこに入っていった。

「セレンです。入ります」

「お邪魔します」

「おっ、その男の子が例の子だね。ちょっと待ってな」

僕達がここに来るのが既に伝わっていたのか、事務員さんらしき人は裏に下がってゴソゴソと何かを探してから持ってきた。

「はい、これね。魔力測定器よ」

「ありがとうございます。すぐにやっちゃいますね」

事務員さんがそう言ってセレンお姉さんに手渡したのは、大きなガラス玉みたいな道具だった。

セレンお姉さんが謎のガラス玉を持ち、僕はナナリーお姉さんとカエラお姉さんと手を繋いで施設の外に出た。

「これは魔力測定器といって、どんな魔法が使えるかを調べる魔導具なのよ」

施設前の芝生《しばふ》に皆で座りながら、セレンお姉さんが謎のガラス玉の説明をしてくれた。どんな魔法が使えるか測る魔導具があるなんて、何だか凄いぞ。

「守備隊の試験に合格した人は、全員がこの測定器を使うの」

「魔法使いは数が少ないから、魔法使いを発掘する意味合いもあるのよ」

「で、昔セレンにもこの魔導具を使って、魔法が使える事が分かったのよ」

僕の場合は、魔法を使える事は確定なので、後はどんな魔法が使えるかを確認するそうです。

セレンお姉さんが魔法使いなのには、とてもビックリしました。

「じゃあ、早速やってみましょうか。レオ君はこのガラス玉の上に両手を置いて、体の中の魔力を流すイメージをしてみて」

「はい、分かりました。そういえば、確か盗賊に襲われた時、体の中に熱いものが流れた感じがしました」

「その感覚で良いわ。レオ君は、そのまま集中していてね」

僕はセレンお姉さんのアドバイスを聞きながら、ガラス玉に手を置いて体の中の熱いものをガラス玉に流した。

ぴかー！

すると、ガラス玉が何色《なんしょく》にもとても眩しく光り出した。

「えっ？　まさかの全属性？」

「しかも、とんでもない光の強さだわ」

「レオ君って、凄い才能の持ち主なのかもしれないね」

な、何だかお姉さん達がかなりビックリしている。

僕の魔法の測定結果はそんなにも凄かったんだ。

そして、お姉さん達は順番に魔力測定器を操作し始めた。

「うん、間違いない。私は風属性だけだ」

「魔法が使えない私が触れても、何も現れないから故障ではないよ」

「私もよ。となると、レオ君の測定結果は間違いないわね」

お姉さん達が測定器を囲みながら何やらコソコソと話をしている。ひょっとして壊しちゃったんじゃ。

「も、もしかして、僕が何かしちゃいました？」

「レオ君は悪くないのよ。レオ君の測定結果が凄かったから、念のために確認していただけなのよ」

「そうそう、レオ君は何も問題ないわよ。気にしなくて良いわ」

「むしろ結果を誇って良いのよ。安心して」

「良かった。色々な光が出たから心配になっちゃいました」

結果は改めて教えてくれるそうなので、キチンと聞くようにしよう。

とりあえず魔力測定器は使い終わったので、事務の受付に返しに行きます。

「おお、ここにいたか。早速測ったのか？」

「はい、物凄い結果が出ました」

おや？

魔力測定器を戻しに受付に帰ると、そこにいたのは事務員の女性じゃなくて、銀髪のスポーツ刈りでとても背の高い男性だった。

セレンお姉さんと話をしていた男性は、僕の事を見てウンウンと頷いていた。

「おっと、自己紹介がまだだったな。俺はブラッド、このセルカーク直轄領の守備隊長だ」

「隊長さんなんですね。僕はレオです」

おお、受付にいた男性はまさかの守備隊長さんでした。ビックリです。

でも、ブラッド隊長さんは何だかとっても優しそうな感じがした。

「そうか、レオか。俺も、セレンから色々と話を聞いていたんだ。元気になったなら何よりだな」

「僕を助けてくれたんですね。ありがとうございます」

「おう」

ブラッド隊長さんは僕がお礼を言うと、ニカッと笑いながら僕の頭を撫でた。

「隊長、ちょっと話が」

「なんだ？　…………おい、それは本当か？」

「はい。どうも間違いないみたいです」

　おや？　セレンお姉さんが話しかけたら、ブラッド隊長さんの表情が何だか眉間にシワを寄せる程深刻なものに変わった。何か問題でもあったのかな。

「うーん、ちょっと行商人の荷物を調べるわ。レオ、明日色々と話を聞かせてくれ。なに、レオを両親のもとに返す事はないぞ」

　あ、そっか。僕がどんな経緯で盗賊に出会ったかの確認が守備隊長としても必要だから、その話をしていたんだね。

　大まかにはセレンお姉さんがブラッド隊長さんに伝えてくれたみたいだし、多分大丈夫っぽそうだ。

「レオは、しばらく魔法の勉強でもしてた方が良いな。もし適性があるなら、回復魔法を覚えて怪我人を治してくれるとありがたい」

「分かりました。いっぱい勉強します！」

　そうだ、さっき魔力測定器を使って僕にはたくさんの魔法が使える事が分かったんだ。しばらくはここにいるし、皆のためにお手伝いをしないと。

　事務所でやる事が終わったので、僕達はブラッド隊長さんと別れて女子寮に戻った。

「ちょっと待っててね、今魔法の本を持ってくるから」

食堂の前に着くと、セレンお姉さんが部屋に戻っていった。どうやら、自分が持っている本を取りに入ったみたいだ。

僕は、ナナリーお姉さんとカエラお姉さんと一緒に先に食堂に入った。

「魔法の事になると、セレンに頼るしかないからね」

「私達は魔法が使えないから、流石にレオ君のお手伝いはできないわ」

ナナリーお姉さんとカエラお姉さんは僕に残念そうに話すけど、僕はもう二人のお姉さんに色々お世話をしてもらっています。だから、とっても感謝しています。

「おまたせ。これが初めて魔法を勉強する人用の本だよ」

「本当ですね。初心者魔法使いのための本って書いてあります」

食堂に入ってきたセレンお姉さんが手に持っているのは、名前からしていかにもってタイトルの本だ。

すると、セレンお姉さんが僕を見てキョトンとしてしまった。

「レオ君、文字が読めるの？」

「えっ？　あっ！」

セレンお姉さんに指摘されて、僕は僕自身に驚いてしまった。今まで文字を教わった事がないはずの僕が、本の題名を読んでいた。

　これは、一体どういう事なのだろうか？

　すると、セレンお姉さんは僕が文字を読めた事に何か心当たりがあるのか、もしかして、と目を見開いた。

「おそらく、レオ君は魔法に目覚めたから文字が読めるようになったのよ。魔法の力に目覚めると、急に頭が良くなる事があるんだって。レオ君は全ての属性が使えるからとても賢くなったんじゃないかしら」

「えっ、そんな事があるんですね。だから僕は、何も勉強していないのに文字が読めたのか」

「もしかしたら、レオ君が大人びているのも、頭が良くなったのが影響していそうね」

　何で文字が読めたのか全く分からなくて不安になったけど、セレンお姉さんが理由を教えてくれてホッとした。魔法に目覚めると、そんな効果があったんだ。

　お姉さん達の話をすんなり理解できていたのもこのお陰かもしれない。

「じゃあ、早速本を読んでみましょうね。レオ君は文字が読めるから、一緒に読みましょう」

「はい、お願いします」

「「あー！　ずるい！」」

うん、何でか分からないけど、僕はセレンお姉さんに抱っこされながら椅子に座らされた。

ナナリーお姉さんとカエラお姉さんがセレンお姉さんを指さして叫んでいるけど、セレンお姉さんはなぜかドヤ顔でニヤリとしていた。

「はいはい、さっさと読み進めますよ。えーっと、『魔法には複数の種類があります。火、水、風、土、回復、生活、身体強化がよく見られる属性で、光、雷、闇、聖がレア魔法です』」

「僕は全部の属性が使えるんですよね。こんなにたくさんの属性があるんですね」

「いやはや、レオ君はとんでもない魔法使いだね」

「しかも魔力量も多いから、いっぱい魔法が使えるよ」

でもいっぱい勉強をしないと、たくさんの属性を使いこなせないよね。頑張って練習しないと。

「『毎日の訓練として、魔力の循環を行いましょう。また、魔法の制御を高める訓練方法もあるので、あわせて行うようにしましょう』ね。レオ君、後で私のいつもの訓練方法を教えてあげるね」

先輩魔法使いのセレンお姉さんが先生なら、僕も魔法が上手く使える予感がする。きちんと制御できるように、僕も一生懸命訓練しよう。

「魔法はイメージがとても大切です。火を熾《おこ》すイメージ、風が吹くイメージ、傷が治るイメージ、様々なイメージを頭で思い描いて魔法を扱いましょう。私も風魔法をよく使うけど、バインドとか補助の役割がある魔法も勉強しているわよ」

セレンお姉さんの言う通り、魔法は考え方次第で何でもできるんだ。

僕は簡単な魔法を使ってみようかなと思って、ちょっと試してみる事にした。

えーっと、明るさは控えめにして大きさは手のひらに収まるくらいで。

「明かりの魔法を使ってみます、えい！」

ぴかー。

僕が手の上に小さな光の玉をイメージすると、キラキラと光る玉ができた。魔力が消えるイメージをすると、ちゃんと光の玉も消えた。

「そうそう、そんな感じよ」

「レオ君は天才ね」

「凄いわ、もう簡単な魔法を使いこなしているわね」

お姉さん達も僕の出した光の玉を褒《ほ》めてくれたし、こんな感じでイメージの訓練もやってみよう。

「えーっと、次は回復魔法ね。『回復魔法は治療する相手に軽く魔力を流すと、どこが悪いかが分かります』。へえ、そんな事も分かるんだ」

「うーん。でも、お姉さん達はどこも悪くないようですね。何も反応しませんでした」

「どこも悪くないのは、良い事だとしておきましょう」

「そうね、健康が一番ね」

試しに三人のお姉さん達に魔力を流してみたけど、何も反応がなかった。

こればかりは、怪我人が相手じゃないと難しいかもしれない。

そんな事を思っていたら、セレンお姉さんを呼ぶ声が聞こえてきた。

「セレン、ちょっと手伝って。模擬戦で怪我人が出たのよ。玄関に運んできたわ」

「あら、タイミングが良いのか悪いのか。レオ君、行ってみましょう」

女性が、食堂のドアを開けてセレンお姉さんを呼んでいた。怪我人が出ちゃったって言ってるけど大丈夫かな。

僕も、セレンお姉さんや他のお姉さんの後をついていきながら玄関に向かった。

◇◇◇

「いたたた」

「あらら、これは派手にやっちゃったね」

「そうなのよ。回避のタイミングを誤って、腕で剣を受けちゃったのよ。鎧の上からだったから骨までいっていないみたいだけど、かなり腫《は》れちゃってね」

左腕を痛そうに押さえている栗毛の女性の事を、茶髪の付き添いの人が説明してくれました。これは見ただけでもかなり痛そうだ。

腕を怪我した女性は、脂汗を浮かべて痛みで顔を歪めています。

「レオ君、さっきの感じでやってみてね」

シュイーン。

僕はセレンお姉さんに呼ばれて、怪我をした女性の体に軽く魔力を流してみた。

おや？　怪我をした左腕はもちろんだけど、別の場所にも反応がある。

「お姉さん、左腕だけじゃなくてお腹も悪いみたいですよ」

「あー、昨日夕食を食べすぎたかも。朝、お腹が痛かったんだよね」

「そうなんですね。じゃあ、回復魔法で一緒に治しますね」

ぴかー！

お姉さんの怪我が良くなるように、僕は集中しながら回復魔法をかけた。

ちょっと疲れちゃったけど、何とか上手くいったみたい。もう一度お姉さんに軽く魔力を流して確認したけど、悪いところはなくなっていた。

「お姉さん、もう大丈夫ですよ」

「凄いわ、教会の治療なんか必要ないくらい効果があるわ」

栗毛のお姉さんは、びっくりしながらも僕の頭を撫でていました。

「うんうん、流石はレオ君ね」

「ついでにお腹も治してもらって良かったわね」

「これに懲りて、食べすぎないようにね」

ちなみにナナリーお姉さんとカエラお姉さんの忠告はスルーしていたので、またお腹いっぱいになるまでご飯を食べちゃいそうだ。

「レオ君、悪いんだけど練習場に来てもらえないかな？　他にも怪我人がいるのよ」

「僕は大丈夫ですけど。セレンお姉さん、どうしますか？」

「無理をしない範囲なら良いんじゃないかな。一つの属性を訓練しても、他の属性も上達するのよ」

セレンさんの言葉を聞いて、茶髪のお姉さんの提案を僕は受ける事にした。魔法訓練の良い機会だし、怪我人が治ると何だかホッとします。

僕は、お姉さん達と一緒に訓練場に向かいました。訓練場は石畳になっていて、今は多くの人が休憩をしていた。

そんな中、タオルで汗を拭っているもしゃもしゃの髪の男性が僕達に声をかけてきた。

「あれ？　お前怪我したんじゃないか？」

「ふふーん、レオ君が魔法で治してくれたのよ。教会の治癒師なんか足元にも及ばない効果だったわ」

「おお、女子寮で保護している坊主か。回復魔法が使えるのかよ」

あ、栗毛のお姉さんともしゃもしゃヘアのお兄さんの話を聞いた他の人も、どんどんこちらに集まってきたぞ。

な、なぜかこの場にいる全員が僕の事をジロジロと見ているよ。

「ほらほら、レオ君が怯えてるよ。順番に治療するから並んで」

「よっしゃ、最初は俺からだな」

今度は筋肉ムキムキマッチョのスキンヘッドの男性が、僕の前に立ちました。

シュイーン。

僕は男性に軽く魔法を流します。

「えーっと、両肘《ひじ》と背中が悪いみたいです。あと、両方の足の指も悪いみたいですよ」

「水虫ね」

「水虫だわ」

「水虫だな」

「水虫で間違いないな」

「おい、お前ら。揃いも揃って、水虫を連呼するな！」

訓練場にいた多くの人に言われて、スキンヘッドの男性が叫んでいました。

でも、怪我をしているのは間違いないから治療しないと。

ぴかー。

僕は一生懸命回復魔法をスキンヘッドの人にかけたけど、どうしても足の指が良くならなかった。

「ごめんなさい。肘と背中は治ったんですけど、今の僕では足の指が完全には治せません」

「ははは、お前の水虫ってどんだけ凄いんだよ」

「いーひひひひ。骨折寸前の怪我を治す腕前でも、お前の水虫は治せないとはな」

「ぐははは、笑いすぎでお腹痛い！」

「だーかーらー、お前ら水虫水虫言うな！」

うう、今の僕の技量だと水虫は少し良くなるけど治せないみたい。

周りの人はスキンヘッドの男性を指さして大爆笑していたけど、僕としてはちょっと悔しいよ。

「ほらほら、昼食まで時間ないからちゃっちゃとやるわよ」

「じゃあ、次は私をお願いね」

こうして僕は、昼食までに六人の守備隊員の治療を終えました。まだまだいっぱい訓練しなくちゃと、僕は決心します。

目指せ、水虫も治せる治癒師！

訓練場から女子寮に戻ってセレンお姉さん達と食堂で昼食をとっていたら、僕の周りにたくさんのお姉さんが集まってきた。

「本当に黒髪なんだ。瞳も黒っぽいね」

「ちっちゃくて、とても可愛いわ」

「まるで女の子みたいね」

「それなのに、凄い魔法使いなんだね」

僕の容姿や魔法の事が話題となり、お姉さんは僕に色々と話しかけてきて僕の頭をなでなでしてくる人もいます。

でも、今の僕はそれどころではありません。

こっくり、こっくり。

午前中魔法をたくさん使ったからなのか、昼食をとったらとっても眠くなってしまった。

もう、周りのお姉さんの話もうつらうつらとしながら聞いていた。

あっ、もう駄目だ。

ぽす、ぷにっ。

僕は、隣の席にいるナナリーお姉さんの大きなお胸に寄りかかってしまった。

「ナナリーお姉さん、ごめんなさい。もう、眠気が限界です……」

「レオ君、気にしなくて良いのよ。ゆっくり休みなさいね」

「はい、ありがとう、ごさい、ま……」

そして僕は、ナナリーお姉さんに抱きしめられながら夢の世界へいってしまった。

「くぅ、胸の差か。レオ君は、私ではなく胸の大きい方にいったのか」

「ナナリー、ズルい。胸の大きさなら、私も負けていないのに」

「ふふーん。ここは、母性の差で勝ち取った勝利よ。さて、レオ君をギュッとしながら抱っこして優しくベッドに寝かせて、頭をなでなでしてほっぺをぷにぷにしてこようっと」

「「ナナリー、ズルい！」」

僕が寝てしまった後で、こんなやりとりがあったとかなかったとか。

いずれにせよ、僕は二時間程お昼寝をしていた。

その間は、ナナリーお姉さんが自分の部屋で僕の様子を見てくれたみたいです。

起き上がってから僕がお礼を言うと、勝者の義務だからとにこやかに笑っていた。

「あっ、レオ君が治療した人から治療費を貰ったよ」

「ありがとうございます。でも、僕はお金の使い方が分からないんです」

僕がちょっと落ち込んでいると、セレンお姉さんが大丈夫だと言ってきた。

「もう少しお金を貯めたら、皆で街に行きましょう。そこで実際にお金を使えば、レオ君ならすぐに使い方が理解できるわ」

お金の使い方は、セレンお姉さん達にお任せするしかない。

お昼寝から起きた僕は、再び訓練場に行って怪我人の治療を行った。

僕の治療で喜んでもらえるのは嬉しかったけど、魔力を使いすぎないようにお姉さん達からも注意された。

夕食後はセレンお姉さんとナナリーお姉さん、カエラお姉さんと一緒にお風呂に入る予定だったけど、他のお姉さん達も一緒に入ってきた。

「レオ君、一緒にお風呂に入りましょう」

「お姉さんがレオ君をキレイキレイしてあげるわよ」

「だめだめ、レオ君の体を洗うのは私の役目なの」

「えー、カエラずるいよ」

「そうだそうだ」

「こればっかりは譲れないよ」

どうも他のお姉さんも僕の体を洗いたかったみたいだけど、カエラお姉さんががっちりと僕の事を確保して譲らないようにしていた。

カエラお姉さんは鼻歌を歌いながら、ご機嫌な様子で僕の体を洗ってくれた。

「はふー」

「ちゃんと温まるのよ」

「うんー」

湯船に入ると気持ちよくなって声が出ちゃうんだよなあ。

そんな僕の事を見て、一緒に湯船に入っているセレンお姉さんが声をかけてくれた。

「本当に可愛いわね」

「顔がとろんってしているわ」

「とっても気持ちいいのね」

他のお姉さんも、僕の顔を見てニコニコしていた。

「じゃあ、早く寝ましょうね。明日は隊長からの話があるから、一緒に聞きに行くわよ」

寝る時も、セレンお姉さんと一緒のベッドでした。セレンお姉さんが、僕の頭を撫でながら寝かしつけてくれた。

「セレンお姉さん、お休みなさい」

「お休み、レオ君」

こうして僕は、温かな寝床であっという間に寝ました。

そういえばお母さんはいつもお父さんとお酒を飲んでばかりだったから、誰かと一緒に寝た事はなかった。

セレンお姉さんから、今まで感じた事のない温もりを僕は感じ取っていた。

◇　◇　◇

翌朝、僕は朝食をとってからセレンお姉さんと一緒にブラッド隊長さんの所へ行く事に。

ちなみに、食堂ではお姉さん達が今夜誰が僕と一緒に寝るかの熱い論議をしていた。

僕は、セレンお姉さんとこっそり抜け出します。

てくてく。

セレンお姉さんと手を繋いで歩きながら、僕はさっきの食堂での話を尋ねた。

「セレンお姉さん、僕は毎日寝る所が変わるの？　まだ他のお姉さんの事はよく分からないから、セレンお姉さんとナナリーお姉さんとカエラお姉さんと一緒が良いなあ」

「レオ君は食堂での話は気にしなくて良いわ。隊長からも、レオ君の世話は私とナナリーとカエラでやってくれって言われているからね」

おお。

セレンお姉さんがニヤリとしながら裏話をしてくれた。だから、食堂での話を聞いても余裕の表情だったんだ。

僕はそんな事を思いながら、昨日魔力測定器を借りた事務所に到着しました。

「おはようございます。隊長は？」

「おはよう。会議室で待っているって。レオ君も、ちゃんと挨拶ができて偉いね」

昨日魔力測定器を貸してくれた事務のお姉さんが、僕の頭を撫でながら挨拶をします。それから事務のお姉さんに言われた通り、僕はセレンお姉さんと手を繋いだまま会議室に向かった。

コンコン。

「失礼します、セレンです。レオ君を連れてきました」

「おう、入ってくれや」

セレンお姉さんが扉をノックすると会議室の中からブラッド隊長さんの声がして、セレンお姉さんと共に僕も部屋に入った。

会議室に入ると、ソファーにブラッド隊長さんが座っていて、テーブルの上で何かの書類を書いていた。

「失礼します」

「失礼、します」

「二人とも座ってくれ。レオは眠れたか？」

「はい、よく眠れました」

「それは上々だ。隊員の怪我も治してくれてありがとうな。流石に水虫は治せなかったようだけど」

「今度は水虫も治せるように頑張ります」

「ははは、それは頼もしいなあ」

世間話から入ったけど、いきなり水虫の治療の件とは。

もしかして、ブラッド隊長さんは僕の緊張をほぐすためにそんな話をしてくれたのかも。

僕がふんすとやる気を見せている横で、セレンお姉さんが笑いを堪えていた。

「さて、ここからは真面目な話だな。簡単に言うと、商人の荷物からレオの取引に関する書類が出てきた。当分はバラス盗賊団の件を優先するが、その内に人身売買の件も捜査する。おそらくレオの両親は容疑者扱いになるな」

「分かりました。僕もできれば両親のもとには帰りたくないです」

「そうか」

このあたりはセレンお姉さんから聞いた話と一緒だ。

だから、僕もブラッド隊長さんに改めて自分の意思を伝えた。

ブラッド隊長さんも真面目な顔で頷いてくれた。

「レオは命の危機を感じて魔法が使えるようになり、大人顔負けの知識を得るようになった。これからは新しく生まれ変わったと思って、自分の人生を歩むがいい」

自分の人生、か。

今までは親に殴られるだけだったから、すぐには思いつかないよ。

「守備隊も慈善組織ではないから、いつまでもレオの面倒を見る事はできない。とはいえ、最低でもバラス盗賊団の件のケリがつくまではこっちで預かるけどな」

「ありがとうございます」

「本来なら教会の孤児院に預けるのがベストなんだが、今のセルカークの街の教会は腐っているんだ。現状、他に場所がないんだよ。そうなると、レオは冒険者になるのが手っ取り早い。レオは賢いし、何よりも魔法が使える。まだ四歳だが、レオなら十分自立できるだろう」

「冒険者……」

ブラッド隊長さんが話した冒険者という言葉に、僕の心は妙に反応していた。まるで、僕の心の中では冒険者になるのが決まっていたような感覚だった。

　でも、僕はまだ知らない事が多いし、守備隊に保護されている内に色々な事を覚えないと。

「レオが守備隊にいる間、守備隊が持っている本は好きなだけ読んで良い。ただ、午前か午後のどちらかは訓練場に顔を出して怪我人の治療をしてほしい」

「はい！　一生懸命治療します。頑張ります！」

　怪我人の治療はある意味僕が守備隊にいる間のお仕事だと思えば良いし、むしろそのくらいは頑張りたい。

　それに本をたくさん読んで良いって言われたから、空いている時間に読もう。

「セレンからは何かあるか？」

「特には。私もレオ君なら冒険者として大成すると思います。あとは、女子寮のメンバーがレオ君をかまいたくて仕方ないみたいです」

「ははは、なんせレオの見た目は可愛い女の子だからな。セレンとナナリーとカエラで、レオの事をしっかりとガードしてやれ」

「元よりそのつもりです」

　何だかブラッド隊長さんから酷い事を言われたような気がするけど、軽くスルーされた。

　僕は女の子じゃなくて立派な男の子です。

ちょっとだけぷんぷんです。

「レオ、まだ経験が浅いから分からないかもしれないが、この世界では一人で身の回りの事をできるようになると、子どもでも小さな大人と言われるようになる。正直なところ、俺はこういう思想は好きでなく、大人の都合を押し付けているだけだと思っている。でもレオは頭も良いし、すぐに一人の人間として他の大人達も認めるようになるさ」

こうしてブラッド隊長さんとの話は終わって、僕はセレンお姉さんと共に訓練場に向かった。

「小さな大人か。私も小さい頃から剣が好きで、十歳で守備隊の門を叩いたよ。あんたは家にいないで自立しなさいって、親から言われたの」

「セレンお姉さんも大変だったんですね」

「まあね。でも幼馴染《おさななじみ》のナナリーとカエラも一緒だったから、辛い訓練にもなんとか耐えられたと思うわ」

初めて知ったけど、セレンお姉さんとナナリーお姉さんとカエラお姉さんは幼馴染だったんだ。だから、三人ともあんなに仲が良かったんだ。

道中セレンさんの話を聞いている内に、僕とセレンお姉さんは訓練場に到着しました。

「難しい問題だな。親を亡くして孤児になって早くから働いているのもいるし、子どもの死亡率が高いから子だくさんになって幼い内から奉公に出したりしている家もあるぞ」

「幼くして冒険者になって、無理な依頼を受けて命を落とすのもいたな。幸いにしてレオは魔法が使えるから、無理をしなくても治療の依頼を受けるだけで十分に食っていけるぞ」

「この街にはスラム街もあるし、浮浪児もいる。そういう奴は、犯罪に手を染める事が多いな」

怪我をした人の治療をしながら、僕が幼くして冒険者になる事について聞いてみた。

皆が皆それぞれの意見を言ってくれた。

両親を亡くして仕事がない人は犯罪に手を染める人も多いらしいし、そういう意味では僕はとても恵まれているんだ。

「まあ、レオ君が犯罪者になるとは思えないけどね。確かに知識や魔法もあるけど、犯罪者に落ちる人と違って人の痛みを知っているからね」

セレンお姉さんが、僕の頭を撫でてくれた。僕も何かをされたら痛いって思うし、それを他人にやりたくないもん。

こうして、午前中は治療をしつつ色々な人とお喋りをしていた。

訓練場から女性寮に戻って昼食をとると、セレンお姉さんが僕に話しかけてきた。

「レオ君、午後はちょっとやる事があるのよ。ナナリーもカエラも訓練があってレオ君の側にいられないのよね」

セレンお姉さんが申し訳なさそうに言う。

確かに、いつまでも僕に付きっきりではないもんなあ。

じゃあ午後は読書でもしていようかなと、そう思った時だった。

ガタ。

昼食を食べていた他のお姉さん達が一斉に立ち上がった。

急な出来事に、びくってしちゃった。

そして、お姉さん達が僕の所に集まってきた。

「レオ君、お手伝いが必要だったらお姉さんに言ってね」

「今日は非番だから、一日お世話ができるわよ」

「たまには、違うお姉さんと一緒にいようね」

うん、お姉さん達から僕に向けられる迫力が凄すぎるよ。

でも、ブラッド隊長さんからは、セレンお姉さんとナナリーお姉さんとカエラお姉さんに面倒を見てもらうように言われているから、勝手にこのお姉さん達を頼るわけにもいかないし困ったな。

どうしようかと思ったら、意外なところから救いの手が差し伸べられた。

「ははは、残念だったね。今日は私が隊長から、レオに生活の基礎を教えてくれって言われているのよ」

「「おばちゃん」」

そう言って声をかけてきたのは、まさかの食堂のおばちゃんだった。

生活の基礎を教えてくれるのはとってもありがたいし、お姉さんの圧力から逃れられるのがとっても大きい。

「ちょうどレオの世話をしたいと言ったのは、家事が苦手なのが多かったよね？」

「「ぎくっ」」

「いい機会だから、あんたらにも家事を叩き込んでやるよ。嫁《よめ》の貰い手が出るようにしないとね」

あーあ、僕に言い寄ってきたお姉さん達が、おばちゃんから指摘されてガックリとしていた。

セレンお姉さんは、他のお姉さん達に残念だねって表情を向けてから席を立った。

「レオ君、私はそろそろ行くから。おばちゃんの言う事をキチンと聞くんだよ」

「はい、頑張ります。セレンお姉さんも気を付けてね」

セレンお姉さんは、ニコリとしながら僕の頭を撫でて食堂を出ていった。

僕は食べ終わった食器を持って、まだショックを受けているお姉さんとおばちゃんの所に向かった。

「まずは食器を洗ってみようか、レオ。汚れが酷いと生活魔法でも落ちない事があるから、ある程度洗ってから生活魔法を使った方が良いんだよ」

おお、おばちゃんが良い事を教えてくれた。

汚れが酷いと、生活魔法でも落ちないんだ。

皆の食べた食器を桶《おけ》に入れると、おばちゃんとお姉さんが外に持ってくれた。お姉さんは重そうにしているのに、おばちゃんは食器を軽々と持っていた。

僕達がやってきたのは守備隊の敷地内にある井戸で、男子寮のおばちゃんも先に来ていて多くの食器を洗っていた。

「ほらほら、井戸から水を汲《く》み上げて。レオは水魔法で手伝ったりしないのよ」

「「はい」」

あ、僕の思考をおばちゃんに読まれてしまった。魔法で手伝おうと思ったら、お姉さんのためにならないと怒られちゃった。

水を汲んできたら、石鹸《せっけん》と洗い用の布で食器を洗います。

「汚れが残らないように、丁寧に洗うんだよ」

おばちゃんに指示を貰いながら、僕は黙々と食器を洗います。綺麗になっていくって、なんだか気持ちがいいね。

おばちゃんは、洗い終わった食器をゆすいでいって乾いた布で拭いていきます。僕も食器を洗い終わってから、食器を拭く作業に回ります。

「うんうん、レオ君は本当に良い子だね。色々あると思うけど、これからも頑張るんだよ」

男子寮のおばちゃんから声をかけられながら、僕は作業を進めます。

ちなみに、僕と一緒に食器を洗っていたお姉さんは、なぜかとっても疲れ果てていた。

食器を洗い終えると、ちょっとお昼寝をしてから食堂で本を読む事にしました。

色々な本があるけど、まずは魔法の本を読み込んでいかないと。

「『色々な種類の魔法があるが、一部特殊な魔法もあります。探索魔法と鑑定魔法も特殊な魔法になります』……なるほど、探索魔法と鑑定魔法か、どんな風に使うんだろう？」

そういえば、探索魔法と鑑定魔法は属性っぽいのがないよなあ。

まずは探索魔法を使ってみよう。

「えーっと、『魔力を薄く広げていき、周囲から返ってくる魔力を感じ取ってどこに何があるかを判断します。上達すると、敵意があるかなども分かります』。へぇ、探索魔法って凄いんだね」

えっと、魔力を薄く広げる感覚だね。薄く広げてっと。

おや？　食堂のドアの周囲に反応があった。

おばちゃんは、まだ厨房にいるし誰だろう？

僕は椅子を下りて歩いていき、食堂のドアを開けてみます。

かちゃ。

「「あっ」」

ドアを開けると、一緒に食器を洗っていたお姉さん達が膝立ちでその場にいた。もしかして、僕の事をこっそりと覗いていたのかな？

お姉さん達は「お邪魔しました」って、小声でドアを閉めていった。

うん、見なかった事にしようと気持ちを切り替えて、僕は再び魔法の本に目を通した。

「次はっと、『鑑定魔法は便利ですが、極力人には使わないようにしましょう。調査以外では、相手との信頼関係ができてから行うようにしましょう』か。うーん、確かに相手がどんな人か、すぐに分かっちゃうよね」

人によっては、知られたくない事だってあるはず。

僕も、人に使うのは極力避けないと。

という事で、まずは食堂のテーブルや椅子を鑑定してみよう。

「えっと、この椅子は普通の椅子って出てきたよ。おや？　この椅子は、脚が壊れかけって出てきたよ」

誰かが座って壊れちゃったら怪我をしちゃうね。すぐに僕は、夕食を準備中のおばちゃんに報告した。

「おばちゃん、鑑定魔法の練習をしていたら脚が壊れかけって表示された椅子があったよ」

「あら、それは大変ね」

おばちゃんは、僕と一緒に問題の椅子を見てくれた。

「確かに脚がグラグラだね。この椅子は修理しないと。他の椅子も大丈夫か、ちょっと見てくれない？」

僕にとっても魔法の練習になるし、おばちゃんから僕への依頼だから、ちょっと張り切っちゃおう。

他の人が怪我をしないようにどんどんテーブルと椅子を鑑定していった。

すると、椅子がもう二脚壊れかけだと判明した。

「レオ、今日は助かったわ。鑑定して何か見つけたら、どんどん私に報告してね」

おばちゃんのお墨付きを貰ったので、暇を見つけたら女子寮の家具とかを鑑定して良い事になりました。

何だかおばちゃんから褒められて、とっても嬉しいなあ。

そして、夕食の時にも少し嬉しい事が。

「あれ？　レオ君の食事だけ、ちょっと豪華だね？」

「レオが、鑑定魔法で壊れかけの椅子を見つけてくれたんだよ。キチンと働いた人にはご褒美をあげないとね」

「そうなんだ。レオ君やるね」

「えへへ」

食事もちょっぴり豪華になり、僕はとても良い気分です。カエラお姉さんからも頭を撫でながら褒められて、僕はもっと鑑定魔法を勉強しようと決意した。

ちなみに食器を一緒に洗ったお姉さん達は、復習だと言われて夕食の食器洗いにも付き合わされていました。

お姉さん達もがんばれー！

◇　◇　◇

訓練場で怪我した人の治療をして、食堂のおばちゃんのお手伝いをして、様々な本を読む。こんな感じで、守備隊にいる間の僕のスケジュールが決まっていった。

たまにブラッド隊長さんとも話をするけど、よく頑張っているって褒めてくれた。やっぱり、褒められるって嬉しいね。

「準備はできたかな？」

「はい！」

今日はセレンお姉さんとナナリーお姉さんとカエラお姉さんが非番なので、一緒に街に出て買い物をします。

僕の服や身の回りのものに加えて、冒険者に必要な服や道具を早めに購入するそうです。

「まずはレオ君の服を買うわよ」

「冒険者の服装もだけど、普段使いの服も買わないとね」

「レオ君に似合う、可愛いのを選ばないと」

な、何だかお姉さん達の気合の入り方が凄いなあ。

僕としては、できれば可愛い服じゃなくて男らしいカッコいい服がいいんだけど。

お姉さん達の会話を聞きながら、僕は心の中でそう思った。

しかし、僕の希望は脆《もろ》くも崩れ去ってしまった。

「うーん、これも似合うね」

「こっちも良いんじゃない？」

「魔法使いだから、マントやケープも似合うかも」

「あの……」
「髪が黒だから、明るい色が良いかしら」
「靴も丈夫なのが良いわ」
「バッグよりもリュックの方が良いわね」
「その……」

うん、服屋さんに入ってからセレンお姉さん達のテンションがさらにパワーアップしちゃった。

僕はお姉さん達に話しかける事すらできずに、まるで着せ替え人形状態です。

そして、一通り服を選び終えた後、セレンお姉さんが僕の背丈より少し大きめの杖を持ってやってきました。

「魔法使いになるには、こういうのもあった方がいいよね」

そう言って杖を僕に持たせます。

「わぁ、ありがとうございます」

とてもしっくりきて、僕はその杖が気に入りました。

ちなみに僕が治療で稼いだお金で払うと言ったら、お金は大事にしなさいとお姉さん達が買ってくれました。

「じゃあ、次は冒険者用のアイテムを買いましょうね」

「はい……」

次は道具を買い揃えるために、大きな商店に向かうみたいだけど、僕は既にヘロヘロだった。

今度は、すぐに買い物が終わってほしいなあ。

「初心者セットを買えば、とりあえず事足りそうね」

「ナイフは良いものを用意した方が良いわ」

「外套《がいとう》もあった方が良いわね」

商店で買うものは決まっていたのか、買い物は順調です。

ここでもお姉さん達主導で進んでいきました。僕には何を買えば良いか分からないのでとてもありがたいです。

「レオ君が持てる荷物の量を考えると、こんなものね」

「そうね。このくらいならリュックにも入るし、重くないわ」

「レオ君は魔法が使えるから、武器はナイフで十分ね」

服屋さんでは二時間近くかかったのに、商店は三十分で終了。

でも、だいぶ疲れたよ。

「次は私達の行きつけのお店で昼食にしましょうね」

「はい！」

お昼ご飯と聞いて、元気がちょっと復活しました。

そんな僕の姿を見たお姉さん達がちょっとくすくすと笑っていたけど、とってもお腹が空いたんだもん。


「ここが私達がよく来るお店よ」

「おしゃれなお店ですね」

「ここは、パスタとかピザがとっても美味しいのよ」

「今日はテラス席が空いているから、そちらに座りましょう」

女の人が好みそうな雰囲気のお店。その道路に面した席に、僕達は着席します。

「セレンお姉さん、全て大人のサイズですよね？」

「ハーフサイズにもできるから安心してね」

「レオ君も早く大きくなって、一人前が食べられるようにならないと」

「いっぱい食べていっぱい寝て、体を大きくしないとね」

ハーフサイズも注文できるのは、僕にとってはとてもありがたい。

僕はトマトパスタのハーフサイズを頼んで、セレンお姉さん達はピザとパスタの大盛りを店員さんに注文していた。

女子寮にいる時にも思ったけど、セレンお姉さん達は体を動かすから、いっぱい食べます。

「このパスタ、トマトとお肉がとっても美味しいです」

「それは良かったわ。サラダも食べるのよ」

とっても大満足の昼食でした。

何だか、トマトパスタが僕のお気に入りになっちゃいそう。

ちなみに服屋さんで着せ替え人形になって疲れていたからか、女子寮に着いたらすぐにお昼寝タイムに突入しました。

◇◇◇

守備隊に保護されてから三週間が経ったある日、僕はブラッド隊長さんに会議室に呼び出された。

何だろうと思いながら、セレンお姉さんと共に会議室に向かいます。

コンコン。

会議室の前に着くと、セレンお姉さんがドアをノックします。

「失礼します」

「失礼、します」

「おっ、来たな。座ってくれ」

会議室に入ると、書類を手に持ったブラッド隊長さんが出迎えてくれた。

僕が席に座ると、早速隊長さんが話し始めます。

「話というのは、例の盗賊とレオの両親に関してだ。盗賊のアジトも見つかって、奪われた金品の多くが回収できた。遺族には、遺品を返却する手続きも進めている」

「それは良かったです。思い出の品が少しでも戻ってくれれば良いですね」

「そうだな」

ブラッド隊長さんも、にかっと笑いながら話をしてくれた。

それから、話の本題に移りました。

「レオには指名手配犯を捕まえた懸賞金が入る。当分の生活に困らないくらいの金額だな。後は、盗賊が身に着けていたものもレオの取り分になるぞ」

「盗賊が身に着けていたものですか？　剣とかでしたら、僕はいらないですよ」

「ははは、そうだろうな。だが、これは持っておいた方が良いぞ」

ブラッド隊長さんが見せてくれたのは、巾着袋みたいな薄汚れている小さな袋だった。

これはなんだろう？

「これは魔法使いに特化した魔法袋で、所有者の魔力の大きさで収納できるもののサイズや量が変わってくる。セレンも持っているぞ」

「確かに魔法袋はあった方が便利よ。レオ君はまだ小さいから、持てる荷物の量も限られているし」

「分かりました、ありがたくいただきます。ただ、とっても汚れているので、洗ってから使います」

「ははは、確かに汚いな。よく洗うんだぞ」

　僕は、少し笑っているブラッド隊長さんから魔法袋を受け取った。

　こんな汚いまま魔法袋を使っていたなんて、盗賊ってある意味凄い。

「じゃあ、他の盗賊の持ち物は全て売却して金にしよう。換金の手続きがあるから、レオに渡せるのは一カ月後だな」

「分かりました。懸賞金があれば、当分大丈夫です」

「分かった。じゃあ盗賊関連の話はここまでだ。次は、レオの両親の件だな」

　正直言うと、僕は盗賊よりも両親の事の方が気になっていた。

「あの行商人が違法な人身売買に手を染めていたのは間違いない。ただ、行商人が死んじまったので、ちょっと捜査が難航していてな。押収した書類の裏付けを取るのに時間がかかっている」

「うーん、行商人が燃やされちゃったから証言が得られないですもんね」

「非常に頭が痛い。レオのいた村まで行くのも一苦労だし、事前に潰せるところは潰したいんだよなあ」

　行商人か護衛が一人でも生きていれば状況は変わったのかもしれないけど、全員死んでしまった。

「まぁそんな感じで手こずってはいるが、レオはもう両親の事は気にしなくて良いぞ。俺達がキチンとやっておく」

「そうね。これは守備隊の仕事だし、私達に任せてね」

　事件に関する話はこれで終わりだけど、もう一つ聞いておきたい事がある。

　僕がいつから冒険者活動をするかについてだ。

　ブラッド隊長さんは、そのあたりも話してくれた。

「レオが冒険者活動を始める、イコール守備隊の保護を抜けるのは五日後だ。既に、冒険者ギルドのギルドマスターにも話をしてある。ギルド内には食堂と宿泊施設が併設されているから、生活する分には困らないだろう」

「わざわざ話を通してくれたんですね。ありがとうございます」

　ブラッド隊長さんは、やっぱりとても面倒見が良い。凄く助かっちゃった。

「話はこれで終わりだ。冒険者ギルドに行くまでに、勉強しつつ荷造りも始めた方が良いな」

「はい。まずは魔法袋を綺麗にしてから荷造りをします」

「ははは、そうだな」

こうして、僕が冒険者デビューする日が決定しました。

セレンお姉さん達とも離れるけど、同じ街にいるからまた会えるよね。

僕は寮に戻って汚れていた魔法袋を綺麗に洗ってから、冒険者の初心者セットや毛布などの大きいものを魔法袋に収納した。

魔法袋の中は時間が止まっているので、パンとか食べ物を入れておいてもいつも新鮮なままなんだって。でも、生き物は魔法袋の中に入れられないらしい。何だかとっても不思議です。

「掃除道具も持っておくと良いよ。業者に頼んであげる」

冒険者活動には掃除とかの依頼もあるようだ。

道具はおばちゃんが注文してくれる事になった。

寮にある掃除道具はとっても品質が良さそうだし、ここはおばちゃんにお願いしておこう。

ちなみに寝袋は買ったけど、テントは買いません。実は土魔法を使って、小さなドームみたいなものを作る事ができたのだ。

安全性を考えたら、土魔法を使った方が良いとアドバイスを貰った。

◇　◇　◇

そんな感じで準備を進めていき、とうとう女子寮に滞在する最後の日になりました。でも、特別な事はなくて普段通りに過ごします。

「ほら、たんとお食べ」

女子寮での最後の夕食は、おばちゃんのご厚意でちょっと贅沢《ぜいたく》なものだった。お肉も柔らかくて食べやすく、とっても美味しかったです。もちろん、残さず全部食べました。

夕食後は、お風呂に入ります。

「あっという間の一カ月だったね」

「はい、本当にあっという間でした」

「生活が充実していると、時間が進むのが早く感じられるのよ」

今日は、ナナリーお姉さんとカエラお姉さんと一緒にお風呂に入ります。

ナナリーお姉さんが僕の頭をごしごししながら話しかけてきたけど、お姉さんが言う通り本当に一日一日が早かった。

体を洗い終わったら、今度はカエラお姉さんと一緒に湯船に入ります。

「はふぅー」

「レオ君は、お風呂に入ると本当に気持ちよさそうな顔をするね」

カエラお姉さんがくすくすと笑っているけど、お風呂って本当に気持ちいいよ。

すると、カエラお姉さんが僕の体をぺたぺたと触ってきた。

「最初の頃よりも、随分と子どもらしい体になったわね。最初の頃のレオ君はかなりガリガリだったし」

「食堂のおばちゃんのお陰です。一カ月前の僕は、両親の食べ残しを食べていましたから」

「そうね、おばちゃんにも感謝しないとね」

おばちゃんの料理を食べ始めてから、本当に体の調子が良くなった。

おばちゃん曰く、パンとお肉と野菜をバランスよく食べるのが大切なんだって。冒険者になっても、バランスの良い食事をとろう。

夜はセレンお姉さんと一緒に寝ます。

セレンお姉さんと寝るのも、今日が最後です。僕は眠くなるまで、セレンお姉さんと一緒に話をしました。

「何だか、初めてレオ君と会った時の事を思い出すな。初めて会った時から、レオ君は素直でとっても可愛かったわね」

「僕もセレンお姉さんと会った時を思い出しましたけど、セレンお姉さんは僕が声をかけても起きませんでした」

「普段はきっちりと起きられるけど、非番の日はどうしようもないんだよね」

初めて会った時のセレンお姉さんは、僕が起こそうとしてもすぐに布団に潜っちゃったっけ。

今でもセレンお姉ちゃんは、非番の日の朝は何とか起きるけどとっても眠たそうにしてる。

「僕、セレンお姉さんに出会えて良かったです。僕がこうして元気になったのも、セレンお姉さんのお陰です」

「私もレオ君に出会えて本当に良かったわ。色々な事を経験させてもらったわよ」

そんな事をセレンお姉さんと話していたら、意識がぼんやりしてきました。

「これから頑張ってね。小さな魔法使いさん」

眠りに落ちる間際、僕はセレンお姉さんにぎゅっと抱きしめてもらいながら、そんな言葉を聞きました。

出会った人が良い人達で、本当に良かった。

翌朝、僕は朝食を食べ終えると退寮準備を始めた。

魔法袋を腰に提げて、リュックを背負った。

小さい子どもなのに何も荷物を持っていないのは怪しまれるという理由で、リュックに少しものを入れて背負う事にした。

最後にベッドを綺麗にして、生活魔法を使った。といっても、ほとんどセレンお姉さんと一緒に寝ていたので、このベッドはあまり使わなかった。

実は、僕が来る前にこのベッドを使っていた人がいるらしいのだけど、ちょうど研修のために王都に行っているという。

もしその人に会えたら、部屋を借りたお礼を言わないと。

「おばちゃん、部屋の片付けが終わりました」

「そうかい。じゃあ、気を付けて行ってきな」

僕は食堂に顔を出して、おばちゃんに挨拶をした。

すると、おばちゃんは僕の事をぎゅっと抱きしめてくれた。僕もおばちゃんをぎゅっと抱きしめてから、女子寮を出て入り口の門の所に向かった。

そこにはブラッド隊長さんの他に、セレンお姉さんとナナリーお姉さんとカエラお姉さんが待っていてくれました。

「セレンお姉さん、ナナリーお姉さん、カエラお姉さん、本当にお世話になりました」

「レオ君、これから頑張るのよ」

「体に気を付けてね」

「いつでも会いに来て良いからね」

セレンお姉さん達にお礼を言うと、ちょっと涙目になりながら僕の事をぎゅっと抱きしめてくれました。僕もお姉さんの事を抱きしめ返します。

「よし、じゃあ行くぞ」

僕はブラッド隊長さんと手を繋ぎながら、守備隊の寮を後にしました。

「ばいばーい」

「「気を付けてね」」

僕は振り返りながら、セレンお姉さん達に手を振りました。

実は冒険者ギルドは守備隊の隣の敷地にありました。

僕達は、冒険者ギルドの建物の中に入ります。

「守備隊と冒険者ギルドって、隣同士なんですね」

「この街は二つとも街の外に出る門に近い位置にあるな。セルカークの街ではたまたま隣同士だけど、他の街でも守備隊と冒険者ギルドは協力する事が多いから近い所にあるぞ」

ブラッド隊長さんとそんな話をしながらも、僕はおっかなびっくりして周囲を見回していました。というのも、冒険者ギルドにいる多くの人の視線が僕に集中したからです。

流石にブラッド隊長さんがいるので話しかけてくる人はいないけど、僕とブラッド隊長さんを見ながらひそひそと話している人もいます。

そんな中、ブラッド隊長さんは受付のお姉さんに声をかけた。

「ギルドマスターと面会の約束をしている。取り次いでくれないか？」

「伺っております。こちらへどうぞ」

事前に話がついていたのか、受付のお姉さんはすぐに僕とブラッド隊長さんの事を冒険者ギルドの奥にある個室に案内した。

「朝早いのに、冒険者がたくさんいましたね」

「朝早いからこそだ。冒険者にとって、魅力的な依頼は早い者勝ちだからな」

「そうなんですね」

「常設依頼なんかは、昼すぎでも問題ないがな。レオは最初は治療系の依頼を中心にして、薬草採取講座を受けたら採取依頼を始めるのが良いだろう」

慣れるまでは、ブラッド隊長さんの言う通りに、治療をするのが良いよね。

ドン。

びくん。

そんな事を考えていたら、ドアを開ける大きな音がして、犯罪者みたいな厳《いか》つい見た目の人が入ってきた。驚いて僕の体はビクビクッとなってしまった。

「おう、入るぞ」

改めて部屋に入った人を見ると、体中傷だらけでスキンヘッドの大男だった。

うん、心臓もドキドキしているよ。

「ギルドマスター、ちょっと乱暴に入りすぎだ。レオが怯えているぞ」

「ははは、すまんすまん」

ブラッド隊長さんがいきなり入ってきた人を注意しているけど、ギルドマスターと呼ばれた人はブラッド隊長さんの注意を全然聞いていない。

このスキンヘッドの大男がここのギルドマスターなんだ。

ギルドマスターはどっかりと椅子に座って、僕の方を見てきた。

「俺がこのセルカーク直轄領の冒険者ギルドのマスター、ザッシュだ」

「僕はレオです。ザッシュさん、よろしくお願いします」

「ギルドマスターでいいぞ。名前で呼ばれると、何だかこそばゆいんだ」

ギルドマスターはがははと豪快に笑いながら、僕と握手してきた。うん、力が強くてちょっと握られた手が痛いよ。

後で、手に回復魔法をかけておこう。

すると、ギルドマスターは改めて僕の事をジロジロと見てきた。

「ほう、確かに幼いながら大きな力を持っているな。でも、力は上手く使いこなさないと駄目だ。せっかくの力を扱えなくて持て余すのも良くないし、大きな力に呑まれても駄目だ。これからも頑張って訓練する事だ」

ギルドマスターは僕の目を見ただけで、一瞬で色々な事が分かっちゃった。強い人は本当に凄いんだ。

「大体の話はブラッド隊長から聞いている。冒険者ギルドは優秀な人材は大歓迎だ。幼くても魔法使いなら需要はたくさんあるだろう」

「ありがとうございます」

「でも、冒険者は自己責任の世界だ。当面の間は、無理をしないでできる事から少しずつ取り組むように」

　ギルドマスターは、見た目は犯罪者みたいだけど言う事は至極真面目だ。やっぱりギルドマスターは凄いんだ。

「この後受付で冒険者の登録を行うが、レオは文字は書けるか？　文字が書けない場合は、代筆サービスもあるぞ。金は取るがな」

「はい、文字は書けるので大丈夫です」

「おお、そうか。意外と冒険者は学がない奴ばかりでな、文字を書けない奴が多いんだよ」

　へぇー、依頼書を読む事はできるのに、書くのは苦手なんて何だか不思議だ。

「ちなみに、バラス盗賊団を捕まえた賞金があれば、ギルドの宿なら十年は泊まれるぞ」

「えっ、そうなんですか？」

「基本的にギルドの宿は素泊まりで、自分で食事を用意する必要があるからな。まあ、レオがこの街にずっといるならの話だがな」

　宿のお金を心配していた僕にとっては、ありがたい話だ。

　でも、依頼をこなしてしっかりお金を貯めておこう。

「とりあえずはこんなもんだな。詳しい話は窓口の人に教えてもらって、それから明日初心者向けの講座があるからそこで聞いてくれや」

ギルドマスターとの話はこれで終わりなので、僕はギルドマスターとブラッド隊長さんと一緒に受付に戻ります。

「ギルドマスター、お戻りですか？」

「ああ、俺の説明は終わったぞ。レオは頭が良いから、とりあえず登録しながらいつもの説明をしてやってくれ」

「かしこまりました」

受付で、ギルドマスターが受付のお姉さんに声をかけた。

ブラッド隊長さんやギルドマスターから真っ先に声をかけられるなんて、もしかしたら受付のお姉さんの中でも偉い人かもしれない。髪は金髪を編み込んでいて、とっても知的な雰囲気のお胸の大きいお姉さんです。

「よい、しょ、っと」

僕は、お姉さんのいる席の椅子に頑張ってよじ登ります。

あっ、お姉さんもギルドマスターもブラッド隊長さんも、僕が椅子によじ登る様子を見てクスクスと笑っていたよ。

「クスクス、失礼しました。あまりにも可愛らしいので。では、こちらの書類を書いてください」

受付のお姉さんが笑ったのを誤魔化すように、僕に紙を差し出してきた。

まずは、必要な情報を埋めていこう。名前を書いて、年齢を書いて、冒険者スタイルは魔法使いにして。

かきかきかき。

書き進めていると、ある項目を見つけて戸惑う。

これ、どうしよう。

「お姉さん、『八歳未満が登録する場合は大人の立ち会いが必要』って書いてありますよ」

「はい。冒険者は危険な職業でもあるので、八歳未満の人が登録する場合は必ず大人に立ち会ってもらっているんです」

「そうなんですね。うーん、どうしよう……」

両親には頼りたくないし、でも誰に書いてもらえば良いのだろうか。まさかの冒険者登録でつまずくとは。

そう思っていたら、ブラッド隊長さんが僕の横からスラスラと登録用紙に必要事項を記入してくれた。

「この項目があるから、俺が残っていたんだよ。保護者じゃなくて大人の立ち会いだからな。俺でも問題ない」

「ありがとうございます！」

ブラッド隊長さんのお陰で、登録用紙を全て記載する事ができた。

僕が登録用紙をお姉さんに渡すと、お姉さんが内容を確認します。

「はい、大丈夫ですよ。では、この魔導具に指を乗せてください」

僕はお姉さんが差し出した硬貨くらいの大きさの魔導具に、右手の人差し指を乗せた。

ちょっとビビッてなるけど、この魔導具って何だろう？

「はい、問題ないですね。この魔導具は簡単な嘘発見器なんですよ。書いてある事がデタラメだと、警告音が出る仕組みです」

「そうなんですね。でも、わざわざ嘘を書く必要ってありますか？」

「たまにいるんですよ。身分を偽って書く人が」

ちゃんとした書類だから、間違った事が書かれないようにしているんだ。

お姉さんは何やらゴソゴソしてから、僕に一枚のカードを差し出しました。

「はい、これがレオ君の冒険者カードです。登録料がかかりますが、大丈夫ですか？」

「はい、大丈夫です。すぐ支払います」

僕はお姉さんに支払いを済ませて、カードを受け取りました。凄い、僕の名前と年齢と、冒険者の職業が載っているよ。

と、ここでギルドマスターとブラッド隊長さんが僕に声をかけます。

「ここまで済んだら大丈夫だな。俺は執務室に戻るぞ」

「はい、ありがとうございます」

「俺も戻るぞ。何かあったら、ギルドの隣だからいつでも声をかけてくれ」

「はい、ブラッド隊長さんにも本当にお世話になりました」

「それじゃあな」

二人はそう言って、僕の頭をポンポンとしてからそれぞれの所に戻っていきました。多分ブラッド隊長さんは、セレンお姉さん達に僕が無事に冒険者登録を終えた事を伝えてくれるだろう。

ブラッド隊長さんには色々とお世話になったから、またお礼の挨拶に行かないと。

ギルドマスターとブラッド隊長さんを見送った後は、受付のお姉さんから説明を聞きます。

おや？　受付のお姉さんが、僕の顔を見てふふってしているよ。

「ごめんね、笑ったんじゃないのよ。微笑ましいって思ったの。セレンから聞いた通りの男の子ね」

「えっ、セレンお姉さんの事を知っているんですか？」

「実は、セレンとは幼馴染なのよ。もちろん、ナナリーやカエラともね」

お姉さんがチャーミングにウインクをしてきたけど、僕は驚きのあまり目をパチパチした。

まさか冒険者ギルドでセレンお姉さんの幼馴染と出会えるとは。

誰も知り合いがいなくて心細かったけど、気持ちがとっても軽くなった。

「改めて、シェリーよ。レオ君、よろしくね」

お互いに挨拶をしてから、シェリーさんが冒険者についての説明を始めます。

「意外かと思うだろうけど、冒険者にはランクはないのよ」

「えっ、そうなんですか？　確かに意外ですね」

「たまに、初心者でも物凄い逸材が現れる時があるのよ。レオ君のようにね。だから、そういう冒険者を初心者と一緒にしないために、ランクで区切ってないの。もちろん、高難度の依頼は指名依頼とかにしているけどね」

「つまりは、掲示板にある依頼はある程度の人なら誰でもできるって事なんですね」

「ご名答よ。レオ君は本当に賢いわね」

まだ冒険者ギルドの掲示板を見ていないけど、掲示板に掲載してある依頼は一部なんだ。

例えば、特殊な討伐系とかは掲示されていないのかもしれない。

「掲示されていないのは、調査や討伐系の他に特殊な技術が必要なものも含まれるわ。例えば、治療系なんかもそうね。レオ君は守備隊の治療をしていたから分かると思うけど、いい加減な人には任せられないのよ」

「命に関わる事ですから、確かにいい加減だと困りますね」

「そういう事よ。たまに自分の力を過信しているから、そういう人には依頼自体を見せないのよ」

ランク分けされてないと言いつつ、最低限の区分けはしているんだ。

依頼人も冒険者ギルドも、まともな冒険者に依頼を受けてほしいもんね。

「後は基本的な事だけど流れについてね。受付で依頼の処理をして、終わったら受付に完了報告をする。意外とできていない人がいるのよね。素材がある場合は、引取所に提出ね」

僕は、シェリーさんの指さした受付の隣にある引取所に視線を向けます。

引取所にはムキムキマッチョのおじさんがいました。あのおじさんが冒険者からの素材を受け取るんだ。

「もちろん、他の人の成果を横取りしてはいけないわ。そういう人がいたら、ギルドの職員や守備隊に突き出して良いわよ。冒険者同士のいざこざもご法度《はっと》よ」

「全部犯罪行為ですもんね。僕も気を付けます」

シェリーさんから聞いた話は、誰もが知っているような基本的な話だ。

でもこの前の盗賊もいるし、何が起こるかは本当に分からない。

「後は、この冒険者のハンドブックをよく読んでね。冒険者に関する事は、大体書いてあるわよ」

シェリーさんが僕に手渡してくれたのは、携帯しやすいサイズのハンドブックだった。といっても、僕にとっては十分大きいです。

「これで、登録時の説明は終わりね」

「シェリーさん、ありがとうございます」

僕は、説明をしてくれたシェリーさんにペコリと頭を下げた。

そしてシェリーさんは、僕の頭を撫でながらビックリする事を言ってきた。

「うんうん。そして、いきなりだけどレオ君に指名依頼があります」

「えっ、指名依頼ですか？」

「そうよ。しかも、冒険者ギルドからよ」

登録したばっかりの僕にいきなり指名依頼があるなんて、一体どんな内容なのだろうか。

「難しい事ではないわよ。冒険者ギルドの一角で、守備隊のように怪我人の治療をしてほしいのよ」

「それなら僕でもできますね」

「というか、訳あって治療の人手が不足していてね。冒険者ギルドとしても、回復魔法が使えるレオ君に是非とも頼みたいのよ」

こうして、僕の初めての依頼が決定しました。

でも、何で不足しているんだろうか。

今度、シェリーさんに詳しく聞いてみよう。


僕は、受付からその横のスペースに移動します。そこには、小さな椅子と大きな椅子が向かい合わせでセットされていました。

そして、小さな椅子には無料治療と書かれたのぼり旗がくっついています。

「シェリーさん、僕が小さな椅子に座ってどんどん治療していけば良いんですか？」

「レオ君は理解が早いわね、その通りよ」

「分かりました、頑張ります」

「何かあったら、受付に声をかけてね」

シェリーさんは受付へと戻っていったけど、近くなので何かあっても大丈夫です。

というか、シェリーさん以外の受付のお姉さんが「私に声をかけてね」と、ニコリとしながら物凄い眼力で訴えていた。

うん、何もない事を期待しよう。

僕はリュックを魔法袋に入れて、小さな椅子に座ります。

すると、早速僕に声をかけてきた人がいました。

「わあ、小さな子だね」

「ねえ、治療できるの？」

「はい、どうぞ。座ってください」

最初に声をかけてきたのは、若い女性二人組でした。両方とも剣士みたいで、腰に剣を提げています。

僕は目の前に座ったお姉さんの手を握って、軽く魔力を流します。

「えっと、肩と手首が悪いですね。あと、足首も悪そうです」

「凄い。この子、体の悪いところをピタリと当てたよ」

剣士のお姉さんは僕の言葉にビックリしていたけど、まずはキチンと治さないと。

僕は、悪いところが治るように念じながら回復魔法をかけます。

ぴかー。

「ふう、どうですか？」

「痛みがなくなった。教会の治療なんか比じゃないくらい凄いよ！　ありがとうね」

剣士のお姉さんは、僕の頭を撫でながらお礼を言ってくれた。そんなに魔力を込めてないけど、治療が上手くいってホッと胸を撫で下ろします。

すると、剣士のお姉さんの嬉しそうな声を聞いた他の人も、僕の前に並んできました。

「ちっちゃな坊主だな。俺の悪いところは分かるか？」

「ちょっと待ってくださいね。あ、腰と膝《ひざ》と……お腹も悪いですね」

「ははは、酒を飲みすぎたわい」

今度は少し厳つい顔の人です。

魔力を流さなくても、ちょっとお酒の臭いがしていますね。

僕は、悪いところを纏《まと》めて治すイメージでちょっと厳つい人に回復魔法をかけます。

ぴかー。

「これでどうですか？　飲みすぎには注意ですよ」

「おお、凄いな。体の痛みどころか、二日酔いもなくなったぞ！　今日は、気を付けて飲む事にするわ」

次はお髭《ひげ》モジャモジャの人が来たけど、同じく二日酔いの様子が見られました。

お酒の飲みすぎは良くないですよ。

こんな感じで、次々と怪我人を治療していきます。

ちっちゃな僕が治療するとあって冒険者は最初は半信半疑だったけど、治療するととても喜んでくれた。

と、ここで立派な剣を持った男の人がやってきた。

これが精悍《せいかん》な顔立ちっていうのかな？

背も高くて、とっても渋くてカッコいい人です。

「治せないのは分かっているが、膝を診てくれないか？」

早速僕は、剣士のおじさんに軽く魔法を流します。

うーん、両膝がとても悪いみたいだよ。それに、膝をかばっているためなのか、体中悪いところだらけだ。

全力で治療の魔法をかけないと。

僕は、悪いところが全部治るように思いを込めて、剣士のおじさんに魔法をかけます。

ぴかー！

「おお、何て事だ。体が軽くなってきたぞ」

剣士のおじさんはびっくりしながら自分の体を触っていたけど、まだ膝の悪いところが治ってない。

僕は、もっともっと集中して回復魔法をかけます。

ぴかー！

「凄い。膝がスムーズに動くぞ。こんな事は、怪我してから初めてだ」

剣士のおじさんが驚きの声を上げた。

でも、実は膝の悪いところを完全には治せていない。水虫を治せなかった時と同じだ。

とっても悔しいよ。

「剣士のおじさん、ごめんなさい。今の僕では、おじさんの膝を治しきれませんでした」

僕は剣士のおじさんの膝が完全に治らなかったのが悔しくて、ポロポロと涙を零《こぼ》した。

でも、剣士のおじさんは優しい笑顔で僕の頭を撫でてくれた。

「ありがとう、小さな治癒師さん。君は間違いなく、今まで出会った治癒師の誰よりも私の膝を治してくれた。そして君は、自分の実力をキチンと見極めている。自信を持ちなさい」

剣士のおじさんは、僕の頭を撫でながら優しく話しかけてくれた。

僕は、まだまだへたっぴな魔法使いです。剣士のおじさんの膝を完治できるように、これからも魔法の訓練を頑張らないと。

僕は涙を拭いて、次の人の治療に移りました。

お昼になると治療を受ける人もいなくなったので、シェリーさんを含む受付のお姉さん達とギルド内の食堂で昼食にします。

「あいよ、本日の定食のハーフサイズだよ」

「おばちゃん、ありがとうございます」

「いっぱい食べて、大きくなるんだよ」

今日の定食は、ミートソースパスタとサラダセットです。栄養もばっちりだし、何よりトマトソースの良い匂いがします。

そういえば守備隊の女子寮でもトマトソースを使った料理が出てきたけど、この辺りはトマトがよく採れるのかな？

僕はミートソースを食べながら、そんな事を考えていた。

「そういえば、ガンドフさんがレオ君は良い治癒師だって褒めていたわよ。滅多に人を褒めない人だから、とってもびっくりしたわ」

「ガンドフさん、ですか？」

「ああ、レオ君は名前を知らなかったわね。膝を怪我していた剣士よ」

考え事をしていたら、シェリーさんが僕に話しかけてきました。

でも、ガンドフさんっていう剣士の人の膝は結局治せなかったんだよね。その事を思い出すと、僕はしゅんとしてしまった。

「僕は、まだまだへたっぴですよ。結局、ガンドフさんの膝も完全には治せませんでした」

「まあ、それは仕方ないわ。かなり酷い大怪我だもの。高いお金を払って、ようやく動けるまで治ったのよ。その事を考慮したら、レオ君の治療はかなり良かったのよ」

うーん、シェリーさんの話を聞くと、僕は余計にガンドフさんをもっと治療できればと思っちゃった。

すると、シェリーさんが僕の頭をぽんぽんと撫でながら話を続けました。

「回復魔法も完璧じゃないわ。それこそ、とんでもない大怪我や重い病気は軽くする事はできても完治は難しいわ。レオ君はこれから治療が上手くなるように頑張って訓練すれば良いのよ」

「はい、ありがとうございます。僕、水虫とガンドフさんの膝を治せるように、これからもっと訓練します」

「「「ぶっ」」」

あれ？　僕がこぶしを握ってふんすってやる気を見せたら、周りにいた受付のお姉さん達が一斉に噴き出してしまった。

シェリーさんも、何だか困ったような表情を僕に見せていた。

僕、何か言っちゃったかな？

「そういえばセレンが言っていたけど、ある守備隊員の水虫が治せなくて悔しがっていたんだってね」

「はい、スキンヘッドの人の両足の指を完治できなくて。いつか、水虫も治します！」

「「レオ君可愛い。でも、目標が。ぶふっ」」

僕とセレンお姉さんの話を聞いて、他のお姉さんがまたもや噴き出しちゃった。何か僕の目標を聞いて笑っていたみたい。でも、水虫を治すのは僕の目標の一つなんだ。

こうして昼食を食べ終えて、決意も新たに午後の治療に励みました。


「ふう、疲れたけど無事に終わったよ。さて、手続きをしないと」

今日の治療は終わったので、僕はシェリーさんのいる受付に並びます。椅子と看板はまた使うそうなので、別の受付のお姉さんが片付けてくれた。

夕方だからか冒険者ギルド内には多くの冒険者がいて、とっても賑わっていた。冒険者にも色々な人がいて、若い人もいれば年配の人もいます。

でも、僕みたいな小さい子どもは周りにはいないみたいだ。というか、僕が小さいから周りの人に囲まれてよく見えないだけかも。

それでも順番通りに手続きが進んでいって、僕の番になった。

「よいしょっ、と」

僕は冒険者登録時と同じく椅子によじ登って、シェリーさんに冒険者カードを差し出します。

「シェリーさん、よろしくお願いします」

「はい、待っていてね。はい、今日の依頼は完了です。これがお金だからなくさないでね」

僕はシェリーさんから冒険者カードとお金を受け取って、すぐに魔法袋にお金を仕舞いました。

すると、僕に向けて誰かが大声で何かを言っているのが聞こえました。

「なんでこんなガキが大金を手にしているんだよ。ガキが金を稼げるわけがない！　お前、何かいかさまをしたな！」

その声は、僕の隣の列に並んでいた若い男性からのものだった。

髪を短く刈り上げた少し筋肉質の若い男性は、なぜか僕の事を睨みながらさらに声を荒らげてきた。

「あの、僕は何もいかさましてないです」

「ふざけるな！　ガキのくせに生意気だ！」

「おい、やめろよ」

「子ども相手に、何で絡んでるんだよ」

「うるせぇ！」

僕に声を荒らげている若者の仲間らしき二人が、ヒートアップしている男性を止めるけど、全く聞く耳を持たなかった。

「えっ、僕は何も悪い事は……」

「うるせぇ！　ガキのくせして歯向かうな！」

「あっ、ぐぅぅ……」

声を荒らげていた男性は椅子に座っていた僕の服の胸元を掴むと、いきなり僕を持ち上げてきた。

僕はその男の手を掴みました。

急に持ち上げられた上に少し首が締まってしまったので、僕は苦しさで顔が歪みます。

「ちょっと、何をやっているの！」

「おい、やめろ！」

「何してるんだよ！」

僕の周りでシェリーさんやヒートアップしている男性の仲間が何かを叫んでいるけど、僕は首元を締められている苦しさで何も聞こえなかった。

がしっ、どさ。

「おい、お前何してるんだ！」

「ぐっ、だ、誰だよ」

ここで誰かがヒートアップしている男性の腕を思いっきり掴んだみたいで、僕は男性の手から解放されて床に膝を突く形で落ちてしまいました。

「けほ、けほ」

「レオ君、大丈夫？」

「だ、大丈夫、です」

僕の背中をシェリーさんが撫でてくれた。

僕は自分に回復魔法をかけて、だいぶ落ち着きを取り戻した。

そして視線を上げてビックリしてしまった。

「あっ、ガンドフさん！」

男性の腕を思いっきり掴んだのは、僕が日中に膝の治療をしたガンドフさんだった。

ガンドフさんは滅茶苦茶怒っているのか僕の声が聞こえていないみたいで、そのままヒートアップした男性の腕を背中に持っていって、あっという間に床に組み伏せていた。

「お前は、冒険者以前に人として失格だ。他人の功績にケチをつけるばかりか、こんな小さな子に手を上げるなんて」

「そうだそうだ」

「お前は恥知らずだ」

「ぐっ、離しやがれ！」

ガンドフさんの怒りの込もった声に続いて、周りの人も口々に男を非難した。ヒートアップしていた男性は、組み伏せられながらも顔を上げて僕の事を睨んでいる。

そしてこれだけの大騒ぎを聞きつけて、あの人がやってきました。

「おい、なんだこの騒ぎは。あっ、またお前か！」

ギルドマスターです。

あれ？　今、ギルドマスターがヒートアップした男性を見て、またって言わなかったかな。

もしかして、この人は以前にも問題を起こしていたのかな。

「おい、誰か急いで守備隊に行ってこい。こいつは拘束対象だ」

「は、はい。私が行ってきます」

「お前は、問題を起こして執行猶予の身だったはずだぞ。その状況で、小さい子どもに乱暴するとはな」

「ぐっ、ち、ちくしょう……」

ギルドマスターが、受付の女性を守備隊の施設へ急がせていた。

いまだにヒートアップした男性を組み伏せているガンドフさんが、冷たい目で男性を見下していた。

と、とりあえず何とかなったのかな？

僕は立ち上がってお尻についた汚れをぱんぱんと叩いてから、皆にお礼を言います。

「ガンドフさん、シェリーさん、ギルドマスター、助けてくれてありがとうございます」

「良いのよ。レオ君は何も悪い事をしていないのだから」

「そうだな。悪いのは言いがかりをつけてきたこいつだからな」

僕がペコリと頭を下げると、シェリーさんとギルドマスターがそう言った。ガンドフさんは男性を組み伏せながら、ギルドマスター達に同意するように僕の方を向いてこくりと頷いてくれた。

ざわざわざわ。

外が何だか騒がしくなってきた。

受付のお姉さんが呼びに行った守備隊がやってきたのかな。

バタン。

「レオ君、大丈夫？」

「セレンお姉さん！」

冒険者ギルドの入り口を勢い良く開けて中に入ってきたのは、朝別れたばっかりのセレンお姉さんだった。

「わあ、大捕物《おおとりもの》になっているわ」

「ちょっと、ただ事ではないわね」

ナナリーお姉さんとカエラお姉さんがその後に続き、もしゃもしゃの人とスキンヘッドの人も冒険者ギルドの中に入ってきた。

僕がセレンお姉さんの事を呼ぶと、セレンお姉さんはホッとした表情をして僕の方にやってきた。

僕の所にやってきたセレンお姉さんは、男性を組み伏せているガンドフさんに気が付いてビックリしていた。

「ガンドフさん、何をしているんですか？」

「こいつがレオ君に喧嘩《けんか》を売ったんだよ。どうやら、前にも何かやらかしていたらしいな」

「あっ、確かに見た事のある顔ですね」

どうもセレンお姉さんとガンドフさんは互いに知り合いみたいだ。二人で気さくに話していた。

そこで、組み伏せている男性が、大勢の前で声を張り上げた。

「ふん。たかがガキの首を締めただけで、お前ら騒ぎすぎなんだよ！」

「「「はあ!?」」」

その言葉に、セレンお姉さん達守備隊の人が素っ頓狂な声を出しちゃった。

僕からも、何があったかちゃんと説明しないと。

「セレンお姉さん、この人が僕の服の胸元を持って締め上げてきたんです。せっかくセレンお姉さんが買ってくれた服なのに、生地が伸びちゃいました」

「本当だわ。こんな小さい子に暴力を振るうなんて」

あっ、ヤバい。

セレンお姉さんが僕の服の胸元を確認した後、男の方に目を向けました。

セレンお姉さんとナナリーお姉さんとカエラお姉さんだけでなく、もしゃもしゃの人もスキンヘッドの人もゴゴゴって感じで怒りメーターが急上昇しているのが分かります。

「とりあえず、この馬鹿を拘束しよう」

「幼い子の首を締めるとは。こいつには手加減不要だろう」

「なっ、くそ、離しやがれ！」

またもや男性がジタバタするけど、もしゃもしゃの人とスキンヘッドの人によってあっという間に縄で拘束されました。

毎日厳しい訓練をしているだけの事はあって、男性が暴れてもビクともしません。

「で、シェリー、何があったか教えてくれる？」

「レオ君は、本当に何も悪くないわよ。横の列に並んでいたこいつがレオ君が手にしたお金を見て、子どもが稼ぐお金じゃない、イカサマだって叫んだのよ。後はレオ君の言う通りで、その様子を見たガンドフさんがレオ君を助けてこいつを組み伏せてたってわけね」

「はあ？　こいつ馬鹿じゃない？」

「でしょう。本当に呆れるわよ」

セレンお姉さんがシェリーさんに詳しい事情を確認し始めました。

話の内容はともかくとして、二人のやりとりを聞くと、本当に幼馴染なんだと伝わる雰囲気を感じます。

僕は立ち上がって、ナナリーお姉さんとカエラお姉さんの所に歩いていきます。

「ナナリーお姉さん、カエラお姉さん、ご迷惑をおかけしました」

「レオ君は悪くないのよ。悪い人を捕まえるのが私達の仕事なんだから」

「そうそう。それに、今回は冒険者ギルドから守備隊への正式な要請だったからね。これからこいつをきっちりと尋問するから、レオ君も安心してね」

ナナリーお姉さんとカエラお姉さんは、僕の頭を撫でながらニコリと笑ってくれました。

「おう、じゃあ俺達はこいつを連れて帰るからな」

「たっぷりとお話しするからな。レオも頑張れよ」

「はい、よろしくお願いします」

「くそ、離せ、離しやがれ！」

いまだにジタバタしている男を連行しながら、もしゃもしゃの人とスキンヘッドの人は僕に歯が見える程口を開けてニヤリと笑っていました。

うん、これから大騒ぎした男性には大変な事が待っていると思うけど、流石に僕も同情できないや。

「じゃあ、私も戻るわね。きっちりとこいつを締め上げるわ」

セレンお姉さんも、僕にガッツポーズを見せながら何だかやる気満々で帰り支度をしていました。

と、ここでガンドフさんがセレンお姉さんに話しかけました。

「セレン、俺は五年前にレオ君に会いたかったぞ」

「うーん。でも、今のガンドフさんのスッキリとした表情を見ると、色々と吹っ切れているようにも見えますよ」

「ははは、セレンは相変わらず人間観察が得意だな」

セレンお姉さんとガンドフさんがにこやかに話をしているけど、ガンドフさんの膝の怪我の件で何かあったのかな？

そう思いながら、僕は冒険者ギルドの外に出ていくセレンお姉さん達を見送りました。

「くそ、離しやがれ！」

「静かにしろ！」

うーん、いまだにうるさいなあ。もしゃもしゃの人も、かなり怒ってるぞ。

「ガンドフさん、色々とありがとうございます」

「良いんだ。他の人も言っていたが、レオ君は何も悪くない。でも、馬鹿な事をしてくる冒険者もいるから気を付けるようにな」

立ち去っていくガンドフさんに、僕は改めてお礼を言いました。

さっきのガンドフさんは、キリリとしていてとってもカッコよかったです。

「レオは宿の手配をした方が良いな。終わったら朝話した時の部屋に来い」

ギルドマスターが僕に声をかけてきた。

そういえば僕も、さっきの騒動の説明をしないといけない。

宿は冒険者ギルドの中に併設されていて、わざわざギルドの外に出なくて済むので、とても助かります。

「さて、お前らにも話を聞かないとならないな。受付で手続きを終えたら、個室に来い」

「「はい」」

大騒ぎしていた男性を止めようとしていた二人も、事情を聞くためにギルドマスターに呼ばれました。男性の処分の判断材料にするのだろうか。

という事でトラブルも一段落して、僕は冒険者ギルドの中にある宿の受付に移動します。

建物のつくりは、入って左側が冒険者ギルドの事務所で中央が売店兼食堂で右側が宿になっています。

「すみません、泊まりたいのですが」

「おや、小さいお客さんだね。冒険者カードを出してね」

「はい、これです。一週間分お願いします」

宿のおかみさんはお客さんが僕のような子どもだった事にびっくりしていたけど、僕が冒険者カードとお金を差し出すと笑顔で手続きを進めてくれた。

「はい、一階の一番奥の部屋ね。延長する場合は、また受付に言ってね」

「分かりました」

「素泊まりだから食事はないわ。あと、盗難に遭わないためにも出かける時には鍵をかけてね。受付で鍵を預かる事もできるよ」

宿の部屋が取れたので、僕は鍵を受け取って早速部屋に向かいます。

かちゃ。

中を覗くと、部屋の中はとてもシンプルで、二段ベッドが一つと机と椅子が置かれているだけでした。寝るだけの部屋なので、全く問題ありません。

二段ベッドだけど、上には上がれないし、寝る時は下のベッドにしよう。

部屋の確認はこれくらいで良いかなと思い、僕は部屋の鍵を締めて冒険者ギルドの受付の奥にある個室に移動します。

こんこん。

「すみません、お待たせしました」

「いやいや、全然待っていないぞ。座ってくれ」

部屋に入ると、ギルドマスターと二人の男性が既にソファーに座っていた。

僕も、ソファーの空いている所に腰かけます。

「本当はレオが同席する必要はないんだが、冒険者を続けていくためにも悪い事をするとどうなるかを知ってほしい」

せっかくの機会なので、ギルドマスターの話をよく聞こう。

僕は悪い事をするつもりは全くないけど、大事な話だもんね。

「まず今回レオに言いがかりをつけた男だが、既に過去にも二回トラブルを起こしている。依頼先で揉めた事もあるし、今回のように他の冒険者に食って掛かる事もあった。そして、次に何かトラブルを起こしたら厳しい処分を下す事も伝えている」

過去にも問題を起こしたのに同じ事を繰り返すなんて、何でそこまでトラブルを起こすのだろうか。

僕には、全く理解できなかった。

「簡単に言うと、奴は冒険者になって大きな手柄を立てたいと思っていたらしい。しかし、現実は甘くない。レオみたいに余程の能力を持っていない限り、ルーキーには大きな仕事はやってこない。

奴はそれが不満だったようだな」

僕はたまたま治療の魔法が使えたから仕事を貰えたけど、初心者は誰もが簡単な仕事から始めないといけない。

あの男の人が求めるような手柄を立てられる仕事には、制限がかかっている。

「奴は人格的にも問題を抱えていて、瞬間的にキレる性格な上に自分よりも立場が弱い者に高圧的になるんだ。これでは冒険者に限らずどんな仕事でも失敗すると、かなり厳しく言ったんだがな。奴には、俺の言葉は届かなかったみたいだ」

性格ってすぐには変えられないけど、ギルドマスターが言っても聞かないならもう駄目なのかもしれない。

僕に掴みかかったのも、キレやすい性格が影響したのだろう。

僕としては、大迷惑だったけど。

「要するに、冒険者も謙虚さは大事だという事だ。奴は冒険者ライセンスを剥奪した上で、最低でも五年間は再発行が認められない。その前に、刑罰も待っている。お前らも、奴と同じ轍《てつ》を踏まないようにな」

「「はい！」」

一緒にいた男性二人と僕とで力強く返事します。

ギルドマスターからの話は、とってもためになりました。確実に仕事をして、信頼を得るように頑張らないと。

僕が決意を新たにしていると、大暴れした男性と一緒だった二人組が僕に謝ってきました。

「レオ君、アイツを止められなくて本当にごめん」

「アイツはもう駄目だと分かっていたんだけど、昔のアイツを知っているから元に戻ってくれるのを信じていたんだ。でも、その考えは甘かったよ」

「僕はもう大丈夫です」

お兄さん達からの謝罪も受け取ったし、この件はもう終わりです。お兄さん達も、友達があんな感じになって苦しかったんだ。

夕食は昼と同じくギルドの食堂でとるので、僕は個室から食堂に移動します。

色々な事があったし魔法もたくさん使ったから、もうお腹がペコペコです。

「おばちゃん、お肉定食のハーフサイズをお願いします」

「あいよ。いっぱい食べて、大きくなるんだよ」

僕はおばちゃんからとても良い匂いがするお肉定食を受け取ると、食堂をきょろきょろと見回しました。

どこに座ろうかな。

すると、そんな僕に声をかけてくる人が。

「レオ君、こっちこっち」

「こっちにおいで」

僕に手をひらひらさせながら話しかけてきたのは、今日僕が最初に治療した二人組のお姉さんでした。

お姉さんは、僕の持っているトレーを受け取ってテーブルの上に乗せてくれました。

「よいしょ、っと」

「「本当に可愛いわね」」

僕が頑張って椅子によじ登っているのを、お姉さん達は微笑ましく見ていました。

体がまだ小さいから、ちょっとの事でも結構大変なんですよ。

「改めて自己紹介ね、私はマヤ。年齢は十三歳よ。朝は治療してくれてありがとうね」

「私はアヤよ。実はマヤとは双子なのよ。区別が付きやすいように髪型を分けているけどね」

「僕はレオです。マヤさんとアヤさんは、双子さんだったんですね。確かにお顔はそっくりです」

治療をした時からとっても似ているなと思っていたけど、納得です。

マヤさんが赤っぽいショートカットで、アヤさんが同じ色の髪をポニーテールにしています。

背はセレンお姉さんよりも低めでした。

「私達も、二日前に冒険者登録したばかりのルーキーなのよ。これでも守備隊を目指して剣の訓練をしているのよ」

「剣は父から教わったのよ。冒険者をしているんだけどね」

「へえ、そうなんですね。だから肩とか手首が悪かったんですね」

「そうなのよ。剣を振るうと痛める事があるんだよね」

親子で冒険者って、何だか凄いね。それに、目標に向かって一生懸命に剣を習っているのも偉いなぁ。

すると、マヤさんとアヤさんが僕の方にずずずという感じで顔を近づけてきました。何だか、とってもキラキラした目で僕を見ています。

「ねえねえ、レオ君は守備隊のセレンさんと知り合いなの？　知り合いなの？」

「夕方の事件の時に親しそうに話をしていたよね。セレンさんとナナリーさんとカエラさんはとても強いのに誰にでも優しくて、私達だけでなく街の女性にとって憧れの人なのよ」

マヤさんとアヤさんがとても熱く語ってきました。確かにマヤさん達が言う通り、セレンお姉さん達はとっても優しいし素敵な人です。

セレンお姉さん達が街の人に人気なのも、とってもよく分かります。

「僕は盗賊に襲われて守備隊に保護されていたんですけど、その時にセレンお姉さんとナナリーお姉さんとカエラお姉さんが、僕の生活の面倒を見てくれたんです」

「そっか、セレンさん達は優しいから何となく分かるなあ」

「でも、セレンさんにお世話してもらったなんて、レオ君が羨《うらや》ましいなあ」

簡単に説明したけどマヤさんとアヤさんは事情を理解してくれました。

その後も僕とマヤさんとアヤさんについてだったり、セレンお姉さん達のお話だったり、僕の魔法の事だったりの話で盛り上がりました。

そして僕の食事が終わったところで、マヤさんとアヤさんが僕に質問をしてきました。

「レオ君、明日の予定は？」

「明日は新人向けの講習を受ける予定です。その後は街に買い物に行こうかなと」

「そっかそっか。私達も、明日は新人向け講習を受けるわ。じゃあ、一緒ね」

僕の明日の予定も無事に決まり、マヤさん達とは別れました。

マヤさんとアヤさんはこの街に住んでいるみたいで、ご飯を食べ終えたら冒険者ギルドを出て自分達の家に帰るそうです。

僕はギルド内の宿の部屋に移動します。

一人で寝れるかなと思ったけど治療でいっぱい魔力を使ったしトラブルもあって疲れていたので、

ベッドに入るといつの間にか眠っていました。

◇　◇　◇

ちゅん、ちゅん、ちゅん。

「うーん、ふわあ。よく寝たなあ」

僕は冒険者ギルド併設の宿にある部屋で、冒険者生活二日目の朝を迎えました。

ベッドの中で伸びをしながら、頭をぽりぽりとかきます。

「魔法の訓練をして、朝食を食べないと」

まだ朝早いので、僕はベッドから椅子に移動して毎朝行っている魔法の訓練を始めます。

体中の魔力循環を行ったり、手の中に魔力玉を作って大きくしたり小さくしたりします。

最初に魔力玉の大きさを変える訓練を始めた時は全然上手くいかなかったけど、今は少しずつ大きさを変える事ができるようになりました。

セレンお姉さんは簡単に魔力玉の大きさを変えていたから、僕も頑張ってセレンお姉さんみたいに上手に魔力を扱えるようにならないと。

「もぐもぐもぐ、今日の初心者向けの講座って何をやるのかな？」

僕は、前日朝に守備隊の女性寮のおばちゃんに作ってもらって魔法袋に入れておいた料理を食べながら、今日行われる初心者向け講座の事を考えていました。

朝食を食べ終えて着替えを済ませて、準備完了です。

「おかみさん、鍵を預けます」

僕は部屋を出て鍵をかけて、受付のおかみさんに部屋の鍵を預けました。

「あいよ、気を付けて行ってくるんだよ」

さてさて、冒険者ギルドを見回すと多くの冒険者が掲示板を見ていたり受付で手続きをしたりしていました。

僕も受付で手続きを済ませようと思い、冒険者の列に並びます。

列に並びながらキョロキョロと辺りを見回すけど、どの冒険者も依頼書を手にして今日の予定を仲間と相談していました。

「はい、次の方」

僕の順番が来たので、僕は椅子によじ登って受付のお姉さんに話しかけます。

「おはようございます。新人向けの講習を受けたいのですけど、どうすれば良いですか？」

「このまま受付ができますよ。冒険者カードを出してね」

冒険者カードを提出すると、受付のお姉さんはカードを読ませる魔導具に通します。

カタカタと何かを叩いて、僕の新人向け講習の手続きが完了しました。

「はい、手続きが終わりました。ギルドの入り口近くにある大きな部屋で、新人向けの講習が行われます。もう部屋は開いていますので、入って結構ですよ」

僕は受付のお姉さんにぺこりとお礼をしてから、冒険者カードを受け取って椅子を下ります。

何だか僕の後ろから微笑ましい視線を感じたけど、きっと気のせいだと思いたいです。

「おお、大きな部屋だなあ。僕は一番前の席だね」

新人向けの講習を行う部屋は、三十人はすんなり入れそうな大きな部屋だった。

まだ誰も来ていないけど、僕は一番前の席に座って魔法袋の中から冒険者のハンドブックを取り出します。

昨日は色々あってハンドブックを読む暇もなかったから、講習が始まるまで読み進めよう。

「冒険者のルールも載っているし、魔物の討伐の仕方や血抜きとかのやり方も書かれているんだね」

ハンドブックには冒険者にとって基礎の基礎が載っているのだろうけど、僕にとっては初めて知る内容なので結構新鮮だった。

薬草採取のやり方も載っているから、今度薬草採取の依頼でも受けてみようかな。そんな事を思っていたら、僕の肩をポンポンと叩く人がいました。

「レオ君、おはよう」

「予習しているなんて、レオ君はキチンとしているね」

僕にニコニコとしながら話しかけてきたのは、マヤさんとアヤさんです。

僕の頭を撫でながら隣の席に座りました。

「私達は冒険者をしているお父さんから色々と教えてもらっているけど、こういう講習はキチンと受けた方が良いんだって」

「ギルドではたまに無料で色々な講習がやっているから、積極的に受けておくといつか役に立つかもね」

マヤさんとアヤさんは、既に冒険者としてある程度の知識を持っているんだ。それでも、キチンと初心者向けの講習を受けるなんてしっかりしているな。

マヤさんとアヤさんとお喋りをしていると、段々と部屋に冒険者が入ってきた。

本当に色々な冒険者が部屋の中にいて、マヤさんとアヤさんくらいの年齢の若い人もいれば二十歳を超えてそうな人もいて、おばちゃんぽい人も座っていました。

冒険者って多種多様なんだ。

けど、流石に僕みたいな小さな子どもはいなかった。

「じゃあ、私達もレオ君と同じくハンドブックを読んでいるわね」

「ここは真面目に勉強しておいた方が得策だね」

そう言って、マヤさんとアヤさんもバッグからハンドブックを取り出して読み始めました。

そんな僕達につられてなのか、他の参加者もハンドブックを読み始めています。

「おう、そろそろ始めるぞ。って、今日の参加者は皆真面目だな」

そして受付で手続きをしてから一時間経った頃、部屋に講師が入ってきました。

講師は中年男性で、短髪にバンダナをしてぽつぽつと髭を生やしていました。

おや？　マヤさんとアヤさんが部屋に入ってきた講師を見て、とてもびっくりした表情をしているよ。

「お父さん、何やっているの？」

「今日は何もないから、家でゆっくりしているって言っていなかったっけ？」

「ははは、お前らを騙《だま》すために嘘をついたんだよ。驚かせたくてな」

おお、今度はマヤさんとアヤさんが講師の人を見る目がジトッとしているよ。そりゃ、騙されたとなれば少しは怒るよね。

そんな親子のやりとりを、僕も含めた部屋にいる人が首を傾げながら見ていました。

「ごほん、ではこれから初心者向けの講座を行う。講師のドンバスだ。これでも冒険者歴は二十五年になる」

マヤさんとアヤさんのお父さんであるドンバスさんが気合を入れ直して、そう言いました。

他の人も、姿勢を正してドンバスさんを見ます。

「今日はまず冒険者としての心構えを話した後、守備隊の訓練場に移動して実戦のアドバイスを行う。冒険者は様々な困難と向き合わなければならないので、自分を守るだけの力は必要だぞ」

今日は実戦訓練もあるんだ。

一日ぶりだけど、守備隊の所に行くのがとっても楽しみです。

「では、早速講義に入る。先程、皆はハンドブックを熟読していたが、とても良い事だ。登録した際に配られたハンドブックを読めば、大抵の事がすぐ分かる。初心者で失敗する奴は、大抵このハンドブックを読んでいないぞ」

昨日僕に絡んできた男性も、おそらくハンドブックを読み込んでいないだろうな。

色々な注意事項が書いてあったし、禁止事項も書いてあったね。

「冒険者は自己責任の世界と言われているが、自分勝手な行動をして良いわけではない。そこを勘違いするなよ。他人に迷惑をかけない、仲間に迷惑をかけない、依頼主に迷惑をかけない、冒険者ギルドに迷惑をかけない。全て冒険者として以前に、人として守らなければならない基本だぞ」

この話も、昨日僕に絡んできた男性を見れば一目瞭然です。

あれだけ大騒ぎをすればどれだけの人に迷惑をかけたか、昨日騒ぎを見た人ならすぐに分かるはずです。

「冒険者として大切な事の一つに、己を知るというものがある。自分の実力を正しく把握して、実力に合った依頼を選ぶ。それが大事だ。自分を見失って無理な依頼を選ぶと、自分だけじゃなく多くの人に迷惑をかけるぞ」

この話も冒険者として基本だし、ハンドブックにも注意事項として書いてあった。

だからこそ、指名依頼は実力がある人にしか頼まないんだろう。

「そして、忘れてはならないのが準備を怠《おこた》らない事だ。依頼を受ける時は、依頼に関する情報をしっかり調べて相当の準備をする。また、日頃から道具の手入れを行い、いざと言う時に使えるようにする事が大切だ。自分に合った道具を選ぶ事も肝心だぞ」

セレンお姉さんも、いつでも動けるように準備しておくのが大切だと言っていた。

幸いにして僕には魔法袋があるから道具はいつでも準備できるけど、依頼に関する知識はちゃんと準備しないと。

「冒険者は様々な経歴を持った人がいて、お金を得る目的も人によって異なる。だが、決して人を蔑《さげす》んではいけない。そんな事をすれば、自分が痛い目に遭うだけだ。そんな暇があるのなら、自己研鑽《けんさん》に励むように」

もしかしたら、昨日僕が絡まれた事もあるから念入りに注意するようギルドマスターから言われたのかもしれない。

それにマヤさんとアヤさんのように冒険者をしながら守備隊に入ろうとする人もいるし、ここにいる人は皆年齢や性別がバラバラだ。

僕もセレンお姉さんみたいな魔法使いになれるように、頑張って魔法の訓練をしよう。

「よし、講義はここまでだ。全員荷物を持って移動するぞ。守備隊の施設に入る時は冒険者カードが必要だから、カードはすぐに取り出せるように準備しておけ」

「「「はい」」」

ドンバスさんの合図で、僕達は出かける準備を始めました。

やっぱり僕達と違って、ベテラン冒険者のドンバスさんは知識が豊富だったね。

「お父さんって家でゴロゴロしているだけじゃなかったんだね」

「本当だね、真面目なお父さんは久々に見たよ」

「おい。お前ら、その言い方はなんだ！」

残念ながら、娘のマヤさんとアヤさんからは散々な言われようだったけどね。

「こんにちは」

「はい、こんにちは。確認しました」

僕達はお隣の守備隊の敷地に向かい、警備の人に一人ずつ冒険者カードを見せて中に入っていきます。

僕も冒険者カードを手にして、列の一番最後に並びます。

「はい、お願いしま……」

「おお、レオか。ちょうど良いところに来た。先に訓練場に向かってくれ」

「何かあったんだろう。マヤ、アヤ、一緒についていってやれ」

たまたま顔馴染みのスキンヘッドの人が守備隊の門の所にいて、僕に早く訓練場に向かうように言った。

僕はカードを手にしたまま一瞬固まってしまったけど、気を引き締めてマヤさんとアヤさんと一緒に訓練場に走っていきました。

「はあはあ。あっ、怪我人がいる！」

「うわあ、痛そうだね」

「血がいっぱい出ているわ」

訓練場に着くと、頭の怪我をタオルで押さえている人がいました。タオルは血だらけで、怪我の大きさを物語っています。

多くの守備隊員が怪我した人を囲んでいて、心配そうに見ていました。

「おお、レオか。こっちに来てくれ」

「うわあ、酷い怪我ですね。大丈夫ですか？」

「意識はあるが、出血が多くてな」

「すぐに治療をしますね」

顔見知りのもしゃもしゃの人が、僕の事を手招きしながら呼んでいました。

僕は怪我をした人に軽く魔力を流して、体の悪いところを調べます。

すると、頭部だけでなく足も怪我しているのが分かった。

纏めて治そうと思い、集中しながら回復魔法をかけます。

ぴかー。

「ふう、これでどうでしょうか？」

「おお、すげー。全く痛くないぞ。レオ、ありがとうな」

「わわわ！」

治療は上手くいったみたいで、怪我をした人はびっくりした顔を見せた後、にかっとしながら僕の頭を撫でました。

ついでに、こっそりと怪我した人の体を生活魔法で綺麗にした。

けど、何であんな大怪我をしたんだろうか。見た感じ訓練場は掃除の最中で、まだ訓練は始まっていなかった。

「こいつアホだから、訓練場の武器保管庫の入り口に頭をぶつけたんだよ」

「それで、大きな怪我になっちゃったんですね」

「おい、バラすなよ！」

僕の疑問に答えるように、もしゃもしゃの人が教えてくれた。

怪我をした人は顔を真っ赤にしてもしゃもしゃの人を怒っていたけど、こうして元気になって良かった。

と、ここでドンバスさんに引き連れられて、他の冒険者もやってきた。

「ちょうど良い例があったから説明するぞ。冒険者だって何気ない事で怪我をする事もある。だが、レオみたいな存在は稀《け》有《う》だから、必ず治療をすぐにしてもらえるわけではない。普段からポーション等を揃えておく事だ。まあ、最近はポーションが品薄だから、新人冒険者には薬草採取も頑張ってもらいたい」

「「はい！」」

「ははは、確かに良い例だな。森の中に入ると、木に頭をぶつけたり擦《す》り傷を負う事もあるぞ」

「くそー、タイミングよく怪我しちまったぞ」

怪我をした人はもしゃもしゃの人にさらにからかわれて、また顔を赤くしていた。

出血量が多いので、これから男子寮に戻って休むそうで、そのまま建物へ入っていった。

「さて、これから実技訓練に移る。ここにいる守備隊員も手合わせしてくれるぞ」

「おうよ、いくらでもかかってこい！」

流石にドンバスさん一人だけだと時間がかかるので、守備隊員も僕達の相手をしてくれる事になった。

うーん、僕は魔法使いだから実技訓練はどうしよう。まだ、キチンと剣の使い方を習った事はないよ。

すると、もしゃもしゃの人が僕に話しかけてきた。

「そうだ、レオは俺達の素《す》振《ぶ》りを見た事があるだろう？」

「はい、治療をしながらですが」

「じゃあ、ダガータイプの木剣を渡すからちょっとやってみな」

という事で、僕はもしゃもしゃの人が見てくれる事になりました。

僕は訓練場の隅にある木剣置き場に行って、ダガータイプの木剣をごそごそと探します。

「よし、じゃあ順番にやるぞ。マヤとアヤは俺じゃない所に並べよ」

「言われなくても大丈夫だよ」

「お父さんとは年中手合わせしているもんね」

他の人も動き出したので、僕も見つけた木剣を持ってもしゃもしゃの人の所に行きます。

「よし、じゃあまずは振ってみろ」

「はい。いち、に、いち、に」

僕は、治療中に見た守備隊の剣技を真似しました。

こんな感じだったなと思いつつ、木剣を振るっていきます。

「よし、一旦やめだな。形としては良いが、ダガーは剣先が短いから手元で切るイメージで動かすんだ。やってみな」

もしゃもしゃの人のアドバイスを受けながら、今度は手元を意識して素振りをします。

確かに、先程よりも良い感じに木剣が振れている気がします。

「後は例えばイノシシを相手にしてみるなど、実戦を意識すると良いだろう。まあ、この辺はおいおいやってくれや。後で古い木剣をやるから、毎日訓練しよう。剣術も、魔法と同じく日々の訓練の積み重ねだ」

さらに数分素振りを続けたところで、僕の実技訓練は終了です。

少しの時間だったけど、とってもためになりました。これからも、頑張って毎日訓練しよう。

「じゃあ、レオは他の人の見学だな。色んな人の動きを見るのも勉強になるから、よく見ておこう」

僕は、もしゃもしゃの人と一緒に他の人の実技訓練を見る事になりました。

面白い事に、人によって扱う武器も違います。

確かハンドブックに簡単に武器の説明が書いてあったけど、女の人がよく使っているのは鉄の棒みたいなメイスと呼ばれる武器だ。男の人は大きさの違いはあるにせよ、剣を手にしている人がほとんどです。

「えい、やあ！」

「良いぞ、どんどん打ち込んでこい」

その中でもマヤさんとアヤさんは鋭い剣での攻撃を放っていて、守備隊員が高く評価していた。

僕から見ても、とっても鋭い剣さばきでとてもカッコいいです。

と、ここで僕がお世話になった女性が顔を出してきました。

「あら、レオじゃない。今日は訓練かい？」

「あっおばちゃん、おはようございます。新人向けの講座で実技訓練です」

僕にニコニコしながら話しかけてきたのは、女子寮のおばちゃんでした。

「そうかい。そういえば、昨日大変な事があったんだってね。怪我はしなかったかい？」

「はい、ちょっと怪我したけど大丈夫です」

「冒険者には本当に馬鹿な奴がいるからね。これからも気を付けるんだよ」

　おばちゃんは僕に注意を促してから、僕の頭をポンポンと撫でて訓練場を後にしました。

　確かに昨日みたいに自分勝手な人もいるし、もっと危ない人もいるかもしれない。僕はたまたま良い人に出会っているけど、気を付けないといけないね。

　僕は他の人の訓練を眺めながら、そんな事を思っていました。

「よし、これで訓練終了だ。怪我をした者はレオに治療してもらえ」

「「はい、ありがとうございました」」

　こうして新人向けの講習は無事に終わり、僕は数人の怪我人を治療してから冒険者ギルドに戻りました。


「レオ君、一緒にお昼ご飯を食べない？」

「私達を騙した罰で、お父さんに奢《おご》ってもらうから」

「おい、それはないだろうが！」

　ギルドに戻ると、いまだにあーだこーだ言い合っているマヤさんとアヤさんとドンバスさんと一緒に昼食をとる事にしました。

三人はとっても仲良しなんですね、何だか少し羨ましいです。

「しかし、レオは本当に真面目だな。まあ、そうならざるを得なかったわけだがな。まずは治療と薬草採取でもやって、冒険者としての経験を積むのがいいかもな」

「レオ君はまだ小さいから、できる依頼が限られちゃうもんね」

「魔法が使えるから、魔法関連の依頼も増えそうだね」

皆でハンバーグ定食を食べながら僕の今後を話します。

ドンバスさんの言う通り、僕の場合はできる事が限られています。

しばらくは、治療と薬草採取をコツコツとやっていかないと。

そう思っていたら、ドンバスさんが話しかけてきました。

「レオ、午後に薬草採取講座をやるから受けてきな。マヤとアヤも受けた方が良いだろう」

「そうね、お父さんの教え方より上手かもしれないしね」

「まあ、お父さんの教え方も中々だったよ」

「お前ら、何でそんなに厳しい採点なんだよ！」

親子のじゃれ合いは置いておいて、薬草採取講座があるのはタイミングが良いなあ。せっかくだから、頑張って薬草の採り方を覚えよう。

昼食を食べ終えた僕とマヤさんとアヤさんは、ドンバスさんと別れて冒険者ギルドの受付に向かいます。

ドンバスさんは別の依頼があるそうですが、薬草採取とは全く関係ないそうです。マヤさんとアヤさんからも講師じゃないか何回も確認されていました。でも本当に違うそうで、別の冒険者と一緒にどこかに出かけていきました。

「お父さんって、私達に関しては本当に過保護なんだよ。どこに行っても後をついてくるんだ」

「普段は適当なくせして、私達の事になると急に心配性になるんだもん」

ドンバスさん、娘が可愛くて仕方ないのかもしれないけどストーカーにならないようにしないと。

マヤさんとアヤさんの話を聞くと、ちょっとやりすぎな気がします。

そんな風に思いながら、冒険者ギルドの受付で薬草採取講座の手続きを行います。

「はい、これで良いですよ。今日の薬草採取講座は実際に現地に薬草を採りに行くそうなので、かごや薬草を纏める紐《ひも》を購買で買われた方が良いですよ」

受付のお姉さんから良い情報を教えてもらったので、すぐに購買でかごと紐を購入してから朝と同じ部屋に移動します。

「わあ、人がいっぱいですね。それに僕くらいの子どもはいないけど、若い人と女性が多いですね」

「薬草採取は誰もが気軽にできるからね。だから若い人が多いのよ」

「それに、ある事情でどんなに薬草を採っても足りないのよ。もしかしたら、レオ君の存在で変わるかもしれないね」

薬草採取は薬草を摘《つ》めば良いだけだから、採り方さえ分かれば誰でもできる。

でも、いっぱい採っても足りない事情ってなんだろう？

前に治療の手が不足していると聞いた事があるけど、それとも関係あるのかな？

そう思いながら、僕は新人向け講習と同じ普通の見た目の部屋の一番前の席に座りました。

部屋に入ってきたのは、街にも普通にいそうな白髪のおじいちゃんでした。

「はい皆さんこんにちは、これから薬草採取講座を始めますよ」

小さな僕の事をニコリと見てから、話し始めた。

「薬草採取は、簡単なようで意外と難しい依頼です。適当に採取すると、品質がすぐに落ちてしまいます。今日は薬草の正しい採取方法を、講義と実演を交えながら説明します」

おお、普通のおじいちゃんかと思ったら、とっても詳しいよ。

僕だけでなく、他の人もとってもびっくりしています。

「では、初めに薬草のサンプルをお渡しします。薬草には色々な種類がありますが、サンプルで回しているのが代表的な薬草です。森だけでなく道端にも生えている事がありますが、森の奥にはありません。薬草は種類によって生えている場所が変わりますので、目的の薬草を採取する場所を必ず確認しましょう」

　おじいちゃんから皆に乾燥した薬草が配られたけど、独特の匂いがあって葉っぱに細かい毛が生えていた。

　他の人も葉っぱの匂いを嗅いだり毛を触ったりしている。

　これを見ればどの葉っぱを採れば良いかすぐに分かります。

「気を付けないとならないのが、動物や盗賊との遭遇です。薬草採取する時は視線が下に行きがちなので、時には監視役を立てる事も必要ですよ」

　簡単な薬草採取といえども、周囲の注意は欠かさないようにしよう。

　そういえば守備隊の女子寮で探索魔法を使ったけど、これがあれば薬草も見つけやすくなるかな。

　使いっぱなしにできるか試してみよう。

「それから薬草は、葉だけ採るようにしましょう。根ごと引っこ抜くと、もう茎《くき》や葉が生えなくなります。成長が早いので、葉はすぐに生えてきますよ。半月後を目安として、また葉を採るように。採取した葉は、種類毎に専用の紐で纏めてください。薬草採取に必要な道具は、ギルドの購買で購入できます。この後、実際に森に行くので、道具を持っていない人は先に購入してください」

おじいちゃんが実際に紐で纏めた薬草を持ち上げて見せてくれた。実際に森で薬草を採取する時に試してみよう。

という事で、話は終わって僕達は部屋を出てギルドのホールに集まります。

僕はホールをキョロキョロと見回しながら、購買で薬草採取の道具を購入する人を待ちます。

そういえば、僕はまだ冒険者ギルドに掲示してある依頼を見た事がなかったな。

せっかくの空き時間だし、集合場所のすぐ近くにあるから、今の内に掲示板を見てみよう。

とことことこ。

「うーん、上が全く見えない。一番下の依頼書しか届かないよ」

僕はまだ小さいので、手を一生懸命伸ばしてやっと一番下の依頼書に届きます。

でも、上に貼られている依頼書は護衛任務とか魔物や動物の討伐依頼だから、どのみち僕にはまだ早い依頼内容ばかりだった。

「レオ君は治療の指名依頼が入るから、そっちが忙しくなるよ」

「冒険者ギルドや守備隊だけでなく、商店街の人も治療を頼みたいそうだしね」

マヤさんとアヤさんが背後から僕に話しかけてきました。

それなら、僕は僕のできる事を頑張ろう。

ちょうど人も揃ったので、皆で冒険者ギルドから街の外に移動します。

「お、レオか。薬草採取に行くのか？」

「はい、薬草採取講座です」

「そうか。レオなら大丈夫だと思うが、道中気を付けて行ってこいよ」

防壁の門の所にブラッド隊長さんがいたので、挨拶をしてから門を出ていきます。

それから歩く事十秒、あっという間に目的地に到着です。

門から街道を挟んで反対側だけど、本当にここで薬草が採れるのかな？

講師のおじいちゃんが道端にしゃがみ込んで何かをしています。そして、僕達を手招きしながら呼びます。

「ほれ、これが代表的な薬草じゃ。この薬草はある程度の陽の光が必要なので、こういう街道に面した明るい所にも生えているんじゃ」

「「「へえー」」」

僕も皆も、こんな街の近くで薬草が採れるなんて、とびっくりしていた。

それからは、薬草採取開始です。

ここなら門の近くで守備隊もいるので、何かあってもすぐに駆けつける事ができてとても安全です。

僕も道端でしゃがみながら、ごそごそと薬草を探します。

「あ、これだね。鑑定でもちゃんと薬草って表示されたよ」

「うむ、葉だけ上手く採取するのだぞ。全ての葉を採るのではなく、半分くらい残して採ると、葉が再生する速度が速い」

「こんな感じですね。この薬草って、そこら中にいっぱい生えているんですね」

「生命力が旺盛《おうせい》じゃからな。今日は制限なくたくさん採って良いぞ」

講師のおじいちゃんが僕の横に座って色々と教えてくれます。

その甲斐もあってかたくさんの薬草を採る事ができました。講習で一緒だった人も、僕の周りに集まってきてたくさんの薬草を集めています。

街からこんなにも近い所で、とってもたくさんの薬草が手に入るんですね。

おや？　今度は独特の匂いがする葉っぱだ。

鑑定したらこれも薬草って出てきたよ。

僕では判断できないから、こういう時には詳しい人に聞いてみよう。

「講師のおじいちゃん、この葉っぱも鑑定したら薬草って出てきましたよ。採っても大丈夫ですか？」

「おお、この薬草は解毒作用があって毒消しポーションの材料になるぞ。この薬草も半分くらいの葉を残して、葉の部分だけ採取するんだ」

毒消しポーションとして使えるのか。

僕はおじいちゃんのアドバイス通りにどんどん採っていきます。

でも、薬草採取ってこんなにも簡単にできるのに、何で薬草不足になっているのだろうか。

「一つは、冒険者の怪我が多いからポーションや毒消しポーションの需要が多い。それにもかかわらず、薬草採取は簡単な仕事なだけに、中々やる人がいないのだよ。このセルカーク直轄領はそこそこ人口があるので、他の種類の依頼も多いんだ」

ポーションを必要としている人に対して、薬草を採る人が少ないのも一因なんだね。

僕は逆に街中で行われる他の作業ができないから、薬草採取がうってつけの依頼になりそうです。

という事で、薬草採取も無事に終わり皆で冒険者ギルドに帰ります。


そして、たくさん採った薬草を冒険者ギルドに納品したらとてもびっくりする事が。

「おお、たくさん採ったな。これだけの量があれば、結構な金額になるぞ。量で補った感じだな」

「ええ！　こんなにお金を貰えるんですか」

「薬草はあるだけ全部買取だからな。これでも全然足りないから、これからもたくさん採ってこいよ」

卸《おろし》担当のギルドの職員もたくさんの薬草を見てほくほく顔をしているけど、僕も他の人も予想以上の買取金額にびっくりしていました。

　この金額を見れば、これから薬草採取をする人が増えるかもしれない。

　そんな事を思っていたら、受付からシェリーさんが僕に声をかけてきました。

「レオ君、ちょうど良いところに。明日、街の商店組合から治療の指名依頼を受けたから、手続きが終わったら組合長の所に行ってもらえる？」

「あ、はい、分かりました。でも、組合長さんがいる場所を知らないんですけど」

「大丈夫よ。マヤさんとアヤさんも一緒についていてくれる事になったから、冒険者ギルドで待っていてくれれば良いわ」

　マヤさんとアヤさんが、商店街での治療の話をしていたけど本当になったんですね。

　僕がマヤさんとアヤさんにお礼を言おうとしたら、なぜか不思議な顔をしていたマヤさんとアヤさんが僕の側に立っていました。

「シェリーさん、いつ正式にレオ君に依頼する話になったんですか？」

「あら、ドンバスさんが新人向け講習が終わった後、意気揚々とどこかに行ったわ。すぐに戻ってきて、商店街で依頼をお願いすることにしたって私に報告してきたわよ」

「お父さん、またこそこそと何かしていたのね。家に帰ったらお父さんを問いただすわ」

　ちょっとお怒りモードのマヤさんとアヤさんを見て、僕はドンバスさんに同情していました。

ドンバスさん、娘さんの怒りを一身に受けるんだろうな。

◇　◇　◇

翌朝、僕は冒険者ギルドでの受付を済ませてマヤさんとアヤさんを待っていました。

早朝なだけあって、冒険者ギルドの中は多くの冒険者でざわざわとしていた。

「レオ君、お待たせ」

「さあ、行きましょうね」

僕の所に、なぜかにこやかだけど迫力のある表情のマヤさんとアヤさんがやってきました。

双子のお姉さんの笑顔の迫力に負けて、僕は何があったかを聞く事ができませんでした。

でも、商店街に着いたらマヤさんとアヤさんがにこやかにしている理由が、すぐに分かりました。

「ううう……」

「ど、ドンバスさん、大丈夫ですか？」

「ふ、懐《ふところ》が寒くなった……」

「懐？」

今日の目的地である商店の一画に着くと、なぜか涙を流して体育座りをしているドンバスさんの姿があった。

思いっきりどよーんってしているけど、何があったんだろうか？

「お父さんはね、昨日冒険者ギルドで私達を驚かすために勝手に依頼を申し込んだんだって。その話がお母さんの耳に入って、今朝滅茶苦茶怒られたのよ」

「今月のお小遣いが半分になっちゃったんだって。お父さんお金をいっぱい持っているんだから、お小遣いが少なくなっても全然関係ないのにね」

マヤさんとアヤさんが事の顛末《てんまつ》を話してくれた。この落ち込みようは、もしかしたら相当怒られちゃったのかもしれない。

さて、ドンバスさんに同情しつつ、僕は気を取り直して治療の準備を行います。

「ここに小さな椅子があるぞ、これを使ってくれ」

商店街の偉い人っぽいおじさんが、僕にぴったりな小さな椅子を用意してくれた。

準備もできたので、早速治療を始めます。

最初に並んでいたのは、この商店街の偉い人みたいです。

既に多くの人が僕の前に並んでいて、マヤさんとアヤさんが列の整理をしてくれます。

「レオ、よろしくな。簡単に自己紹介するが、俺はこの商店の組合長だ。ドンバスとは幼馴染でな、事前にレオの事を聞いていたんだよ」

話しながら、僕は組合長さんの体を調べます。

「組合長さんなんですね。えっと、腰の他にお腹も悪いみたいですよ」

「あー、昨日飲みすぎたからなあ。ははは」

「もう、飲みすぎは良くないですよ」

こんな感じで、和《なご》やかな雰囲気の中、治療を進めていきます。結構な人数がいたけど、幸いにして軽傷者が多かったのでそこまで魔力は使いませんでした。

男の人も女の人も若い人も年配の人も関係なく、午前中いっぱい治療していきました。皆とっても良い人ばかりで、治療を終えると僕の頭をニコニコしながら撫でてくれた。

商店の人々のご厚意で、昼食は各店から持ってきた色々な料理を食べる事になった。僕はまだいっぱい食べられないので、少しずつ分けてもらう事にします。

「いやあ、レオは良い魔法使いだな。まだ小さいのもあるけど、魔法を使えない奴を見下さないし、何より治療の腕が凄いな」

「僕はそんな威張ったりとかしないですけど、そういう魔法使いもいるんですね」

「おうよ。魔法使いは特殊な能力が使えるから、特別な人間だって思っている奴が多いんだよ。俺も何人かの魔法使いに会っているが、全員偉そうにしていて嫌な奴だったな」

料理を食べながら組合長さんと話をしたけど、僕は他の魔法使いにほとんど会った事がないからよく分からないよ。

　そんな事を思いながら、僕はお肉屋さん一押しのタレに漬け込んだお肉を頬張ります。ちょっとだけピリリとするけど、とっても美味しいお肉です。

　嫌な話よりも、目の前の美味しい料理を食べる事に集中しよう。

「レオ君、このパンも持っていっていいよ。ちょっと形が崩れちゃったけど、食べるには問題ないわ」

「わあ、おかみさんありがとうございます。ちょうど魔法袋に入れていたパンがなくなっちゃったので、後で買いに行こうと思っていたんです」

「何だ、そういう事だったのね。魔法袋があるなら、他のパンも持っていきな」

「わわ、こんなにいっぱいのパンをありがとうございます」

　昼食後に、パン屋さんのおかみさんがパンをいっぱいくれた。

　僕が笑顔でお礼を言ったら、パン屋さんのおかみさんも満面の笑みで僕の頭を撫でてくれた。

　ちょうど手持ちのパンがなくなったので、おかみさんの差し入れはとってもありがたいです。

　貰ったパンを全て魔法袋に入れて、明日の朝はどのパンを食べようかなと思いを巡らせました。

「ふむ、冒険者ギルドと守備隊との折衝《せっしょう》が必要だが、一カ月もすれば効果が出てきそうだな」

「そうだな。冒険者ギルドも守備隊も、もちろん俺らも奴らの事はどうにかしてほしいと思ってい

実は最強系

アイディア次第で大活躍！

追い出された万能職に新しい人生が始まりました

東堂大稀　既刊8巻

万能職とは名ばかりで“雑用係”だったロアは「お前、クビな」の一言で勇者パーティーから追放される…生産職として生きることを決意するが、実は自覚以上の魔法薬づくりの才能があり…!?

落ちこぼれ【☆1】魔法使いは、今日も無意識にチートを使う

右薙光介　既刊9巻

最低ランクのアルカナ☆1を授かったことで将来を絶たれた少年が、独自の魔法技術を頼りに冒険者としてのし上がる！

定価：各1320円⑩

召喚・トリップ系

いずれ最強の錬金術師？

小狐丸　既刊15巻

異世界召喚に巻き込まれたタクミ。不憫すぎる…と女神から生産系スキルをもらえることに!!地味な生産職と思っていたら、可能性を秘めた最強(?)の錬金術スキルだった!!

余りモノ異世界人の自由生活

藤森フクロウ　既刊6巻

シンは転移した先がヤバイ国家と早々に判断し、国外脱出を敢行。他国の山村でスローライフを満喫していたが、ある貴人と出会い生活に変化が!?

定価：各1320

定価：各1320円⑩

とあるおっさんのVRMMO活動記

椎名ほわほわ　既刊29巻

TVアニメ 2023年10月放送!!

超自由度を誇る新型VRMMO「ワンモア・フリーライフ・オンライン」の世界にログインした、フツーのゲーム好き会社員・田中大地。モンスター退治に全力で挑むもよし、気ままに冒険するもよしのその世界で彼が選んだのは、使えないと評判のスキルを究める地味プレイだった!　やたらと手間のかかるポーションを作ったり、無駄に美味しい料理を開発したり、時にはお手製のトンデモ武器でモンスター狩りを楽しんだり――冴えないおっさん、VRMMOファンタジーで今日も我が道を行く!

THE NEW GATE

風波しのぎ　既刊22巻

TVアニメ制作決定!!

オンラインゲーム「THE NEW GATE」多くのプレイヤーで賑わっていた仮想空間は突如姿を変え、人々をゲーム世界に閉じ込め苦しめていた。現状を打破すべく、最強プレイヤーである一人の青年―シンが立ち上がった。死闘の末、シンは世界最大の敵<オリジン>を倒す。アナウンスがゲームクリアとプレイヤーの解放を伝え、人々がログアウトしていく中、シンも見慣れた世界に別れを告げようとしていた。しかしその刹那、突如新たな扉が開く――光に包まれたシンの前に広がったのは……ゲームクリアから500年後の「THE NEW GATE」の世界だった!

定価：各1320円⑩

る。一カ月もあれば、何かしらの動きがあるのは間違いないだろう」

あれ？　ドンバスさんと組合長が、何やら難しい話をしている。

奴らって、一体誰の事なのかな。

そういえば、守備隊でも冒険者ギルドでも何かあったみたいな発言をしていたっけ。

うーん、そのうち僕にも何があったか教えてくれるのかな。

午後は、マヤさんとアヤさんの案内で個別にそれぞれの家を訪問をして治療する事になりました。

マヤさんとアヤさんは組合長からリストを貰っていて、ふむふむと頷いていた。

最初の患者は、午前中治療場所にしていた店舗の二階にいるそうです。

「おばちゃん、元気？」

「私達だよ、中に入るよ」

慣れた感じでマヤさんとアヤさんが二階に上がって部屋の中に入っていき、僕も部屋の中をキョロキョロとしながらその後に続きます。

女性がベッドに横たわりながら、にこやかに僕達を出迎えてくれた。

「おばちゃん、今日は凄腕の魔法使いを連れてきたよ」

「小さいけど、本当に凄いんだよ」

「おやおや、随分と可愛らしい魔法使いだね」

「はい、僕はレオです。早速治療しますね」

魔法で確認すると、おばあさんは背中とか腰とか足とか色々なところが痛んでいた。一気に全部治していきます。

ぴかー。

「ふう、具合はどうですか？」

「おやまあ、これはビックリだよ。体の痛みがなくなって、すっかり良くなったわ」

「でも、僕には体の歪みは治せませんでした」

「こればっかりはしょうがないよ。もう歳だしね」

曲がった骨とかも治せたらと思ったけど、それでもおばあさんは僕の頭を撫でながら、体がとっても楽になったととても喜んでくれました。

「おばちゃん、レオ君の治療はどうだった？」

「本当に小さいのに、とっても腕が良い魔法使いだね。これなら明日にでも店頭に立てるわ」

「うんうん、おばちゃんが元気になって良かったよ。レオ君、ありがとうね」

マヤさんとアヤさんも、おばあちゃんが元気になってとってもいい笑顔です。

他の人の治療もあるので、僕達は挨拶をして早々にその場を後にしました。

「えーっと、次は薬屋さんの旦那《だんな》さんだね」

「薬屋さんが閉まっていると、ポーションが作れないからね。早く治ってほしいね」

そんな話を聞きながら、三軒先の薬屋さんに向かいます。

マヤさんとアヤさんの話だと、旦那さんの体調が悪いみたいでポーション作りが滞っているそうです。

うーん、ここでもまた治療が滞っているって話が出てきたよ。昼食時の組合長さんとドンバスさんの話にも、何か関係がありそうですね。

「マヤちゃん、アヤちゃん、待っていたよ。君がレオ君だね、午前中の治療の様子を見ていたわ。さあ、こっちよ」

「わわわ！」

お店に入ると、恰幅の良い奥さんが僕達の事を待っていた。奥さんは待ちきれなかったのか、僕の手を引いてずんずんと店の奥に進んでいった。

そんな僕と奥さんの様子を見てから、マヤさんとアヤさんは苦笑しながら顔を見合わせます。

「あんた、魔法使いが到着したよ」

「ごほごほ、おお、来たか。ごほごほ」

寝室では、咳き込む姿が痛々しい少し細身の旦那さんが寝込んでいた。

顔色もあまり良くなく、見るからに体調が悪いと分かります。

僕は、すぐに旦那さんに軽く魔力を流して体の様子を調べます。

「うーん、全身が良くないですね。特に胸に淀《よど》みがあります」

「流石だ、そこまで分かるとはな。ごほごほ」

僕の残っている魔力でどこまで治せるかは分からないけど、頑張って旦那さんを治そう。

「では、治療を開始します」

シュイン、ぴかー。

いつも以上に魔力を込めているので、複数の魔法陣が現れて部屋の中が照らされた。

その光を受けて、僕と旦那さんは明るく輝いています。

な、何とかいけそうだけど、想像以上に魔力を大量に消費しちゃった。

「はあはあはあ」

「れ、レオ君、大丈夫？」

「汗だくになっているよ」

僕は息を荒くしました。

かなり集中して魔力を使ったので、顔も汗だくです。

そんな僕のもとに、マヤさんとアヤさんが心配そうに駆け寄ってきた。

「おお、なんだこれは。体が、体が嘘みたいに軽いぞ。咳も全く出ないぞ」

一方の旦那さんは、物凄くびっくりした顔で自分の体を見つめていた。

念のために旦那さんの体に軽く魔力を流したけど、治療は上手くいったみたいです。

「レオ君、ありがとう。こんなに顔色の良い旦那は久々に見たわ。教会の治療は全く駄目だったのよ」

「わわわわ！」

僕は、涙ながらに感謝をしてきた奥さんに抱きしめられてしまいました。

思いっきり抱きしめられたので、うう、息が、息ができないよ。

「お、おばさん、喜ぶのは分かるけどレオ君を離してあげて」

「このままだと、レオ君が窒息《ちっそく》しちゃうよ」

「あら嫌だわ、つい力が入っちゃった。ごめんね、レオ君」

「げほげほげほ」

うん、今度は旦那さんじゃなくて僕がむせてしまいました。

でも、無事に良くなって一安心です。

しかし、ここで問題が発生しました。

「マヤさん、アヤさん、魔力を使いすぎたので少し眠くなっちゃいました」

「薬屋さんの旦那さんは、見た目からも分かる程重症だったもんね」

「じゃあ、家で少しお昼寝してから再開しましょうね」

という事で、僕はマヤさんとアヤさんのお家で仮眠をしてから戸別訪問での治療を再開しました。

このやり方だと時間はかかるけど、一人ひとりしっかりと治療できるのでいいかもしれません。

◇　◇　◇

こうして、守備隊と冒険者ギルドと商店組合からの治療の指名依頼を受けるようになった。指名依頼がない日は薬草採取をしているので、週三回はそれぞれの治療の指名依頼を受けて、残りの三日を薬草採取にあてていた。

薬草採取はトラブルが起きてもすぐに助けを呼べるように、防壁の門の近くで行っている。冒険者ギルドからもいっぱい薬草を採っていいよと言われているので、僕は時間の限り薬草をたくさん採っていた。

それに、門の近くだとたまに門の当番をしているセレンお姉さんとナナリーお姉さんとカエラお姉さんとも会えるので、暇な時にお話もしていた。

そして、残りの一日は安息日です。何も依頼を受けずにしっかりと休むようにしています。

これは、セレンお姉さんからも言われている事です。

今日は安息日なので、商店のパン屋さんにパンを買いに行きます。

毎朝の訓練を終えた後、朝食用のパンが少なくなっていた事に気付いたからです。

「今日も街は賑やかだね」

朝早いけど、大通りには多くの人が歩いていた。

僕の知り合いの多くが、横道は危険なので歩かないようにと教えてくれたので、僕は必ず大通りを歩くようにしていた。

そもそも、僕は横道を歩く用事もないし。

そんな事を思いながら、僕は商店に続く道を歩いていた。

「こんにちは、パンを買いに来ました」

「あら、レオ君こんにちは。わざわざ買いに来てくれたのね」

「うん、ここのパンはとっても美味しいんだもん」

「嬉しい事を言ってくれるね。おまけしてあげるね」

いつも商店組合での治療の際にパンを差し入れしてくれるおかみさんが、にこにこしながら僕に話しかけてくれた。

僕は少し多めにパンを注文して、魔法袋にパンをしまいます。

おまけも貰えて、僕はほくほくです。

「そういえば、薬屋さんの旦那さんが一生懸命治療してくれたってレオ君の事を凄い褒めていたわ」

「そうなんですか！　後で薬屋さんに顔を出しますね」

パン屋さんのおかみさんから嬉しい事を聞いたので、早速僕は薬屋さんに向かった。

薬屋さんに入ると、奥さんがちょうど冒険者との接客を終えたところだった。

「こんにちは」

「レオ君じゃない。今日はどうしたんだい？」

「パン屋さんで薬屋さんの旦那さんが僕の治療を褒めていたって聞いたんで、お礼を言いに来ました」

「あら、わざわざお礼を言いに来るなんていい子ね。旦那は工房にいるから上がっておくれ」

僕は奥さんに連れられて、お店の奥に移動します。

工房と言われている所では、旦那さんが乾燥した葉っぱを何かを使ってごりごりとすり潰していた。

「あんた、レオ君が来てくれたよ。治療を褒めていたお礼を言いにって、わざわざ来てくれたのよ」

「おお、レオか。お礼を言うのはこちらなんだ。正直なところ、教会の下手糞な治療だったら今頃死んでいたかもな。ははは」

旦那さんはとっても元気になっていて、バリバリ仕事をしていた。

今もとっても顔色が良くて、調子が良いのが一目で分かります。

「旦那さん、今は何をしているんですか？」

「今はよく出る生薬《しょうやく》の準備だ。レオがいっぱい採っている薬草を使った、ポーション作りと毒消しポーション作りもしているぞ」

ごりごりと葉をすり潰しながら、旦那さんはニカッとして話してくれた。

僕の採取した薬草がポーションになるって事かな。

とっても興味があります。

すると、旦那さんは僕にある提案をしてきた。

「そうだ、今度レオが採取した薬草がどうやってポーションになるのか見せてやるぞ。残念だが、生薬作りで手が離せないから今日は難しいがな」

「ぜひお願いします」

とっても良いお誘いだったので、僕はすぐに頼んだ。どうやってポーションを作るのか見てみたくなった。

ちょうど明日は指名依頼も何も入っていないので、明日の午後に薬屋さんに行く約束をしました。

僕は生薬を幾つか購入して、薬屋さんを後にしたのだった。


この後は本を読もうと思ったので、冒険者ギルドに直行します。

「おっ、レオじゃないか。何だかニコニコだな」

冒険者ギルドに戻ると、受付で暇そうにしていたギルドマスターが僕を出迎えてくれた。

今日は安息日だから、依頼を受ける冒険者も少ないという。

さらに職員も休んでいる人が多いから、こうしてギルドマスターが窓口にいるそうだ。

「明日、薬屋さんでポーション作りを見せてくれる事になったんです。僕が採った薬草がどうやってポーションになるのか知れるので、とっても楽しみです！」

「そうか、そりゃ良かったな。貴重な経験だから、しっかりと見てこいよ」

「はい！」

僕は、ウキウキしながらギルドマスターに返事をして、冒険者ギルド内の宿に戻った。

◇　◇　◇

翌日、薬草採取を午前中で切り上げて、午後は予定通りに薬屋さんに向かった。

何だかこんなにもワクワクするのって、生まれて初めてだ。

僕は上機嫌で、薬屋さんへの道を歩きます。

ガヤガヤ。

「あれ？　あれって、薬屋さんの所だよね。何だか人がいっぱい集まっているよ」

薬屋さんの前にはたくさんの人が集まっていたけど、どうも買い物に来た人ってわけじゃなさそうです。

僕は何だろうと思いながら、人混みを分け入って薬屋さんの中を覗いてみた。

「てめーのせいで、教会の売上が落ちてしまったじゃねーか！」

「「そーだ、そーだ！」」

「けっ、てめーらの治療の腕が悪いのを棚に上げて、人に難癖つけやがって。それが教会のやる事か！」

薬屋さんの中では、とっても感じの悪い三人組が旦那さんに向けて暴言を放っていた。

旦那さんは全く気にせずに、逆に三人組に言い返しています。

そして旦那さんの後ろには、ハルバードを構えた般若《はんにゃ》の形相《ぎょうそう》の奥さんがいました。三人組より溢れ出ている奥さんの殺気が一番怖いんですけど。

「けっ、また来るから、今度は賠償《ばいしょう》金を用意しておけ」

「ふん、てめーらこそ生きて帰れると思うなよ」

そして三人組は一通り言いたい事を言うと、薬屋さんから出ていった。

僕的には、奥さんが本気で戦ったら絶対に三人組の方が生きて帰れない気がした。

「こ、こんにちは。お店に入っても大丈夫ですか？」

「おう、待ってたぞ。さあ、入ってくれ」

僕がひょこっと人混みを抜けて薬屋さんに顔を見せると、旦那さんはさっきまでの物凄く怒った顔から一転して、僕にニカッて笑顔を見せた。

「カッコ悪いところを見せちゃったわね。さあ、上がっておくれ。他の人もごめんなさいね」

奥さんも、ハルバードを店の奥に片付けながら笑顔で僕を出迎えてくれた。

それと共に、お店の中にお客さんが入っていきます。

「いやあ、レオが来てくれて良かったよ、ちょうど良い気分転換になるぞ」

さっきの事には旦那さんが何も触れなかったので、僕も特に聞きません。

気を取り直して、ポーション作りを見せてもらいます。

「ポーション作りに必要なのは、薬草と綺麗な水と魔石の欠片《かけら》だ。魔石の欠片は、たまに魔物を倒すと出てくるぞ」

旦那さんがテーブルの上に置いて見せてくれたのは、薬草の入ったかご、桶に入った水、そして小さな魔石の欠片でした。

これでポーションができるなんて、とっても不思議です。

「基本的に、毒消しポーションも使用する薬草が違うだけで作り方は一緒だ。ポーションと毒消しポーションは魔石によって魔力を帯びるから、回復魔法みたいな効果が出るんだ」

「何でポーションが回復魔法みたいな効果が出るのか、とっても不思議だったんですが、そういう事だったんですね」

「レオは魔法使いだから、そういうところは気になるよな」

薬草も毒消し草もぱっと見はただの草なのに、とっても不思議だよね。

すると、旦那さんは薬草を水の入った別の桶に入れました。

「薬草はこうして綺麗に洗うぞ。ゴミとかの異物が入っているかもしれないからな。それに、簡単なあく抜きにもなるぞ」

僕も、旦那さんと一緒に薬草を綺麗に洗います。

そして今度は綺麗になった薬草を、水を張った鍋に入れます。

「俺なんかは勘でやっちまうが、薬草十枚でコップ一杯分の水が必要だ。そしてここからが重要だが、薬草の成分が水に溶けるように冷たい水からゆっくり弱火で煮込んでいくぞ」

「何だか、ポーション作りというよりも料理を作っているみたいですね」

「よく分かったな。ポーション作りも料理も原理は同じようなもんだからな」

ゆっくりコトコトと、薬草の入った鍋を煮込んでいきます。

しばらくすると、煮込んでる鍋の水の色が変わってきた。

「そして、水の色が変わってきたら魔石の欠片を投入する。魔石の欠片は小さいから、なくさないように布の袋に入れるといいぞ」

「まるでお塩で味付けしているみたいですね」

「そうだな。これを入れると入れないとでは、全く違うものに仕上がるぞ」

そしてさらに十分程経って、ポーションが完成しました。

旦那さんは布を使って、鍋の中の液体を濾《こ》していきます。

「後は濾した液体を冷まして瓶《びん》に詰めればポーションの完成だ。ちなみに使い終わった薬草にはいまだ有効成分が残っているから、乾燥させて生薬に使ったりするぞ。魔石の欠片も何回も使用できるぞ」

旦那さんがポーションを入れる瓶を用意しながら、びっくりする事を教えてくれた。

ポーションを作った後の薬草で、生薬を作っているんだ。余すところなく使っているんだね。

「ポーションの成分を壊さなければ、砂糖とかはちみつを入れて飲みやすくしても問題ないぞ。毒消しポーションは苦みがあるから、飲みやすくするのも一つの手だ」

「僕は、ポーションは必ずそのまま飲まなければならないと思っていました。そんな方法もあるなら、子どもとかも飲みやすいですね」

色々とびっくりする事を聞いたな。

今日のポーション作りを見学させてもらったのは本当に勉強になった。

「ポーション作りに必要なものは雑貨屋や商店でも売っているし、ポーション作りの本もある。レオは魔法が使えるから、良いポーションを作れるかもな」

「そっか。鑑定魔法を使えば、出来の良し悪《あ》しがすぐに分かりますね」

「レオなら、あっという間にポーションを作っちゃいそうだな」

こうして、僕の貴重な体験は終了しました。

せっかくなので、その後もポーション作りを手伝うことにします。

夕食は奥さんが作ってくれたので、一緒に食べました。

ちょっと味が濃《こ》かったけど、とても美味しかったです。

ポーション作りを見学させてもらった翌日は、冒険者ギルドの指名依頼で治療する予定です。

もう冒険者ギルド内での治療は数回行っているので、準備にも少し慣れました。

「うんしょ、うんしょ。ふう」

「お、元気にやっているな」

「あれ？　皆さんどうしたんですか？」

受付を済ませて治療の時に使っている椅子と看板を用意していると、なぜかギルドマスターとブラッド隊長さんと商店組合長さんが揃っていて、僕の所にやってきました。

ギルドマスターがそのまま僕に話しかけます。

「レオ、昨日薬屋に行っただろう？　その際の騒ぎを少し教えてくれ。大体話は聞いているが、レオも現場にいたって知ってな」

「あ、怪しい三人組がお店の中で騒いでいた件ですね」

どうやら昨日の騒ぎの件で、もう少し詳しい情報が知りたいという。

僕も薬屋さんに押しかけた三人組は、何か変だなって思っていた。

「三人組が薬屋さんのせいで教会の売上が落ちたとか、賠償金を用意しろと大騒ぎしていました。とても悪い人に思えました。僕としては、ハルバードを構えた奥さんの方が怖かったですけど」

「あのおかみさんは、元冒険者だから凄く強いぞ。しかし、とうとう奴らも痺れを切らして動き始めたか」

　僕が昨日あった事を説明すると、ギルドマスターだけでなくブラッド隊長さんや商店組合長さんもうんうんと頷いていた。

　既に把握済みの情報と大差なかったようで、僕も一安心です。

　あれ、ギルドマスターが「奴ら」って言ったな。一つは、薬屋さんに聞いた話でたぶん教会って所だと思うけど他は何だろうか。

　そんな疑問を持っていたら、突然冒険者ギルドにガラの悪い集団が乗り込んできました。

「おい、レオを出せ！」

「レオはどこだ！」

　集団の一部が僕の事を大声で捜しているのが分かった。

　僕は咄嗟にギルドマスターの後ろに隠れて顔だけ出した。いきなり僕の名前を大声で叫ばれたので、とっても怖いよ。

　冒険者ギルド内もざわざわとしていて、何だか異様な雰囲気です。

冒険者ギルドに乗り込んできたのは十人程の集団で、白で統一された服を着ているのときっちりとした服を着ている人がいた。

　全員がとっても嫌な感じで、その中でも太って頭がはげている偉そうな男がじろじろと僕の事を見ていた。何だかニヤニヤとしていて、とっても気持ち悪い視線だよ。

「おい、ここは冒険者ギルドだぞ。なぜ、司祭と代官が勝手に乗り込んできたんだ！」

「なに、簡単な事ですよ。我々の商売の邪魔をしている子どもをスカウトしに来ただけですよ。治療は教会の特権ですから、ほほほほ」

　司祭らしき、白い豪華な服を着ている、パッと見優しそうな顔の人が、見た目は笑顔のまま気持ち悪い笑い声を上げながらギルドマスターにそう返します。

　ギルドマスターの後ろに隠れている僕の事をニヤリと見てきたから、思わず顔をひっこめちゃった。

「お、それにちょうど良いところに組合長がいたな。くくく、商店からの上納金を二倍にするからよろしくな。二倍が嫌なら薬屋の営業を止める事だな」

「お前らは本当に腐っているな。人の心ってものがないのかよ！」

「ふん、何とでも言うがいいさ。このセルカーク直轄領で一番偉いのは、代官である俺なんだからな」

高そうなスーツを着た頭がはげている太った人が、組合長さんにとんでもない事を言っていた。

あのスーツを着た太った人が代官みたいなんだけど、どう見ても普通の人じゃない。

「ふふふ、私達は心が広いですから明日まで回答をお待ちしますよ」

「まあ、俺達に従うしかないんだろうがな。ははは」

司祭と代官は言うだけ言って、集団と一緒に冒険者ギルドを後にしました。

集団が冒険者ギルドを出た瞬間、僕は力が抜けてペタンと座り込んでしまった。

「あの視線を相手によく頑張ったな。座ってゆっくりしていな」

ギルドマスターが、なんとか椅子に座った僕の頭を苦笑しながらぽんぽんと撫でてくれた。

あんな嫌な視線は両親に向けられて以来だ。

僕は魔法袋からコップを取り出して、水魔法で作った水を飲んで一息つきました。

「とりあえず個室に移ろうか。あの馬鹿どもの対応をしないとならないな。レオも落ち着いたなら一緒についてこい」

水を飲んで一息つけたので、僕はギルドマスターとブラッド隊長さんと組合長さんと一緒に個室に移動します。


昨日の薬屋さんでの出来事といい、どう考えても普通じゃない。

皆で冒険者ギルドの個室に移動すると、遅れてシェリーさんとガンドフさんとセレンお姉さんも入ってきました。

冒険者ギルド内で騒ぎがあれば、皆集まるのも仕方ありません。

「皆座ってくれ。あの馬鹿どもがとうとう直接やってきた。今までは黙っていたが、流石に目に余る。これからの事について話さないとならない」

初めて見るギルドマスターの真剣な表情に、僕も背筋がぴんと伸びました。

他の人も、ギルドマスターの方を見ながらこくりと頷いています。

「レオは知らないと思うから、簡単に説明する。教会は患者から法外な治療費を取っていて、代官は賄賂《わいろ》や法外な税金を取っている。全部自分達の贅沢のためだ。とはいえ、俺達も今までも王都の教会や王城に苦情を出していた。だが、全部無視されていた。おそらく集めた金で、俺達の苦情を揉み消すよう動いているみたいだな」

自分達が儲けるために、好き勝手やっているんだ。

しかも、文句を言われないように裏工作までしているなんて。

頭も回る悪者なんだ。

「ところがレオが治療を始めたので、今まで高額でも教会で治療を受けないといけなかったのが、教会に行かなくても済むようになった。さらにレオが薬屋の旦那を治した事で薬屋も稼働するようになって、ますます奴らに金が入らなくなった。そうした事の逆恨みってところだな」

「教会の治療は、私の膝も全然治せなかったし本当に下手糞だからな。レオ君が一生懸命に治療をするのなら、皆そっちに行くさ。まあ、こうなるのは予想できた展開だな」

組合長に続いてガンドフさんが話すけど、皆が教会の治療は下手って言っている。

教会の治療は本当に酷いんだ。

ここで、ノートみたいな魔導具をぽちぽちといじっていたブラッド隊長さんが、僕達にニヤリとしながら話しかけてきた。

「実は、王都の守備隊経由で、今回の件を色々と調べてくれる事になったんだ。俺も散々情報を送っていたがこっちも無視されていてな。だが改めて調査してもらったら、今まで俺が送った調査結果が捨てられていたのが分かったんだ」

「くくく、それはタイミングが良かったな。これで間違いなく王都側も動くだろうな」

「そろそろ馬鹿どもには、天罰を下してもらわないとな。もう、手加減はいらないだろう」

ブラッド隊長さんの話を聞いたギルドマスターと組合長さんが、何だか悪そうな笑みを浮かべている。

それだけ鬱憤《うっぷん》が溜まっていたんだ。

そして、話は何と僕の身の安全について移っていきました。

「後は、レオ君の身の安全をどうやって確保するかだね。奴らは、絶対に何かしら手を出してくるはずだよ。まあ、レオ君に近づいたら私が許さないけどね」

「そうね、ギルド内にいれば問題ないけど、治療だと街に出るからね。交代で冒険者を護衛につけようかしら。ふふ、もしギルド内でおいたをしたら、私が恐怖を見せてあげるわ」

セレンお姉さんとシェリーさんが、真顔でとんでもない事を言ってきた。でも、セレンお姉さんとシェリーさんが放っている気迫が凄くて、僕は何にも言えないよ。

「守備隊には俺から言っておこう。レオの事を抜きにしても、しばらくは巡回を強化しないとな」

「腕の良い冒険者にも声をかけておこう。これ以上奴らが暴走しないように、教会と代官邸に監視も付けるか」

「商店は、奴らの要求をきっぱりと断るぜ。こんな不当な要求を呑むわけにはいかねえ。もう奴らの言いなりにはならないさ」

ブラッド隊長さん、ギルドマスター、組合長さんがこれからの方針を決めて動いてくれる事になりました。

きっと色々な事が一気に解決するだろう。

この時の僕はそんな感じで気楽に考えていました。

しかし、予想以上に早く、事態が動きました。

それは冒険者ギルドの建物の前で、ギルドマスターと共に他の人を見送っていた時でした。

「じゃあ、明日また来るね」

「はい、ありがとうございます」

セレンお姉さんに手を振って、ギルドマスターに続いて冒険者ギルドに入るために、冒険者ギルドの方に向き直ろうとしたその時——

どん！　ズサー。

僕は物陰に隠れていた人に突き飛ばされて、地面に転がってしまいました。

「痛っ！　えっ、なになに？」

「行くぞ！」

「抱えていけ！」

さらに全くわけが分からない内に、僕の体は全く知らない人に脇に抱えられてしまった。

一瞬の出来事に、全ての人が固まっていた。

「おい、待ちやがれ！」

「レオ君を離しなさい！」

真っ先に我に返ったドンバスさんとセシルお姉さんの声が僕の背後から聞こえてきたけど、どんどんと離れていってしまった。

ど、どうにかしないと。

「ガンドフさん、セシルお姉さん！」

「うっせー奴だな、ジタバタするな！」

「ふがふがふが、ふが……」

僕は何とかしようとしてガンドフさんとセシルお姉さんの名前を呼びながらジタバタともがいたけど、口に布みたいなものを押し当てられ眠っちゃいました。

◇　◇　◇

誘拐犯は路地を変えて逃げまくり、セレンとガンドフはレオ達を見失った。

「くそ、どこに行ったんだ」

ガンドフが悔しそうに吐き捨てる。

冒険者ギルドや守備隊だけでなく街中が、レオの誘拐を聞いて大騒ぎになった。

「ギルドマスターが側にいながら誘拐されるって、一体どういう事ですか！」

「いや、その、すまん……」

「どうせ教会か代官邸のどちらかでしょうが、すぐにレオ君を捜しに行ってください！」

「わ、分かった、分かったから、手に持った物騒なものを下ろしてくれ！」

冒険者ギルドでは、巨大な大剣を構えて超激怒しているシェリーが、正座をしたギルドマスターを説教していた。

ギルドマスターも自身が側にいながらレオをさらわれたのを反省していて、すぐに手の空いている冒険者と共にレオの捜索が始まった。

手の空いている冒険者は、主にレオが治療した事がある人で、誘拐の話を聞いてかなり憤慨しているようだ。

さらにその冒険者が別の冒険者を呼んで、レオを捜す人々がどんどん増えていく。

「大変だ、レオが教会と代官の配下の連中に誘拐されたぞ！」

「「「なに！」」」

商店のある大通りで組合長が大声で街の皆に伝え、商店からも多くの人が捜索に乗り出していった。

その中には、レオと親しいマヤとアヤの姿もあった。

そして、愛用のハルバードを手にした薬屋の奥さんの姿も。

「あの馬鹿どもは昨日も家に押しかけてきたけど、とうとう人さらいにまで手を出しやがったか。

しかも、あんなに小さなレオ君をさらうなんて！」

「もしさらわれたとなると、たぶん教会か代官邸だよね」

「私達は教会に行きます」

「あたしゃ代官邸に行くよ。もう、怒りが抑えられないわ！」

マヤとアヤ、それにハルバードを手にした薬屋の奥さんがそう言うと、他の商店の人も一斉に動き出した。

「もう我慢ならないぞ。散々好き勝手にやりやがって！」

「俺も代官邸に行くぞ。あのふてぶてしい奴の顔面を殴らないと気が済まない！」

「あたしゃ、教会に行くよ。教会の高額で下手糞な治療のせいで、旦那の母親が死んじまったからね」

街の人の怒りが膨れ上がり、ついに爆発した。

多くの人が武器を手にして、教会や代官邸に向かっていく。

最初は数人だったはずが、徐々に増えていき、教会と代官邸に群衆が着くころにはとてつもない人数が集まっていた。

「街の巡回もそうだが、防壁の門も厳重にしろ。場合によっては閉鎖してもいい。もし街の人が群衆となって教会と代官邸に押し寄せたら、その人混みに紛れて本命の司祭と代官が逃げるかもしれないからな」

「それなら、誘拐事件が発生しているため、現在門を通過できませんってしておいた方が良いですね」

「レオ君を誘拐したのもとんでもないけど、もしどさくさに紛れて司祭と代官が街から逃げようとするならもっと許せませんね」

「とりあえず、俺が防壁まで行ってくる。レオが誘拐されたって言えば、今日の門の当番連中もすぐに理解するだろうな」

守備隊では、ブラッドが隊員に方針を伝えていた。

ナナリーとカエラが意見を出すと、すぐにスキンヘッドの男が防壁まで走っていく。

ブラッドとしても、まさか守備隊と冒険者ギルドの目の前で誘拐事件が起きるとは思いも寄らず、完全に裏をかかれたと悔しい思いをしていた。

「俺達の仕事は、街の人の安全を守る事だ。誘拐事件が起きたなら全力でとりかかる。また、群衆が動いているのなら安全を確保するのも我々の仕事だ。各自、怪我に気を付けて動いてほしい」

「「了解しました」」

こうして守備隊もブラッドの号令を受けて、一斉に行動を開始した。

彼が目的地を言うまでもなく、綺麗に教会と代官邸に分かれて向かっていった。

隊員が現場に向かうのを見送ったブラッドは、ふうっと息を吐くと気を引き締めて、王都の守備隊へ教会と代官主導による誘拐事件が発生したとの追加情報を送った。

さらにここで、乱入者がブラッドの前に現れた。

「レオがさらわれたって？　あたしも捜しに行くよ！」

女子寮の食堂のおばちゃんだ。

「お、おばちゃんは落ち着いて。部下に指示を出したから、大丈夫だって」

腕まくりをしながらやってきたおばちゃんを見て、王都に連絡を終えたブラッドは慌ててなだめるのだった。

◇　◇　◇

ゲシ、ガシ、バキッ、ドカ！

「ぐはぁ、があ！　な、何でこんな事をするんですか？」

「ふん、お前は黙って蹴られていれば良いんだよ！」

誘拐された僕は、どこだか分からない薄暗い所にいた。

気絶していた間に手足を縛られてしまっていて、今は数人の男から殴る蹴るの暴行を受けていた。

僕を蹴る男は薄笑いを浮かべていて、全く動けない僕の事をまるで虫けらみたいに扱っていた。

他の男達は蹴られている僕の事をニヤニヤとしながら見ていて、手にはナイフみたいな刃物を持っている。

「どうせお前は殺されるんだ。その前に楽しませてもらう、ぜ！」

ゴス！

「ごふ！　ごほごほ、おえーおえー」

「きったねーな。こいつ吐きやがったぞ」

「おめーがそいつの腹を蹴ったからだろうがよ」

僕はお腹を思いっきり蹴られてしまい、激しい痛みに耐えきれず何回も吐いてしまった。

僕を蹴っていた男は僕の事を汚物を見るような目で見ていた。

このままでは僕はこの男に殺されてしまうと、そう感じました。

何で僕がこんな目に遭わなければならないのかと思ったけど、体中が痛くて考えるだけの余裕がありません。

一瞬チラッと頭を過《よぎ》ったのは、今朝冒険者ギルドに押しかけてきた集団の事でした。その集団は、間違いなく僕の事を捜していました。

「ふん、たいそうな魔法使いだって聞いたがどうせ手を縛ったら魔法が使えないんだ。そしたらお前なんて、ただのチビだろうがな。ははははは！」

「そうだな。魔法使いだから念のため警戒したが、ここまでしなくても良かったな」

「さあ、そろそろ遊びは終わりにしようか。くくく、良い悲鳴を聞かせてくれよ」

僕を見下している男達の言動を聞いて、僕ははっとなった。

この男達は、僕が手を動かせなければ、自由に魔法が使えないと思っているのか。

この言葉で僕は思い出しました。

自分が手足が拘束されていても魔法を使える事を。一方的に暴行を受けていて失念していた。

体中が痛くて上手く集中できないけど、今はやれる事をやるしかないと思い、体中の魔力をかき集めた。

キュイーン、ブオンブオンブオンブオン。

そして床に転がっている僕を中心にしてたくさんの魔法陣が現れ、さらに大量の魔力の玉を発動させた。

「な、なんだこれは？」

「手足が使えないと魔法が発動できないはずでは？」

僕が体の周りに複数の魔力玉を浮かべると、男達の表情は明らかに焦ったものに変わります。

僕を蹴っていた男も、急いで僕から距離を取ります。

困惑した表情をしながら、話が違うみたいな事を言っているけど、散々痛い目に遭ったし手加減しないよ。

ズドーン、ズドーン、ズドーン！

僕は男達を目がけて、発動した魔力の玉を乱射した。

「がは、や、やめ……」

「ぐはぁ！」

「ごふっ！」

僕を暴行していた男達が何か言っているけど、僕も本気で怒っています。

とはいっても、ここで男達を殺してしまうのはよくないので、何とか魔力を制御します。

雷魔法と風魔法を組み合わせた魔力の玉で男達を痺れさせつつ吹き飛ばしました。

何発か魔法弾が狙いから外れて天井や壁を突き破っちゃったけど、今は非常事態だから仕方ないよね。

無我夢中だったけど、僕は初めて複合魔法を使っていた。

「はあはあはあはあ」

僕は発動させた魔力の玉を撃ち終えると、地面に転がったまま男達の方を見ました。

「あががが」

「うぐぐ」

「がはっ」

僕を暴行していた男達はうめき声を上げて吹き飛んでいたけど、何とか生きているみたいです。

僕は、いまだに拘束されたまま身動きが取れません。

けど、何とかなったのかな。

「ごほっ、ごほっ。うう、上手く魔力が操れないよ」

度重なる暴行による痛みと、夢中で魔法を放った影響なのかもしれません。

もちろん風魔法を使って僕を拘束している紐を切ったり、僕自身に回復魔法を使う事もできません。

どうやって助けを呼ぼうか、ちょっとぼんやりとした意識の中でそんな事を考えていた時でした。

ドンドンドン！

「レオ君、ここにいるの？」

「レオ、いるなら返事をしろ！」

魔力弾で空いた壁の向こうから、セレンお姉さんとガンドフさんの声が聞こえてきた。

僕は助かったと思い、思わず安堵しました。

◇　◇　◇

レオが薄暗い所で拘束されていた頃、彼を捜索する人々の方でも動きがあった。

ドンドンドン！

「おら、ここを通せ！」

「扉を開けろ、開けろ！」

教会には多くの人が集まったが、入り口の大きな扉は固く閉ざされていて、人々が中に入れずにいた。

街の人は扉を叩き続けるが、開く気配も全くない。

「これではどうしようもないですね。中に入るには、他に手立てはないのでしょうか？」

「さっき裏口を回って見てきたが、そっちの扉も閉まっていたぞ。俺達に見られたくないものがあるのは間違いないな」

セレンとガンドフが、どうやって教会内に入ろうかと話をしていたまさにその時――

ドーン、ドーン。

「な、何かしらこの音は？」

「魔法だ、教会脇にある倉庫から聞こえてきたぞ」

「きっとレオ君ね。行きましょう」

「「俺達も行くぞ！」」

セレンが、レオの魔力の玉が壁や天井を貫いた音に気が付いたようだ。

教会に集まった人達も、一斉に音のした方に向かっていく。

「見事に壁に穴が空いているな。お、いたぞ」

「レオ君、もう少しだから待っていてね」

レオが拘束されていたのは教会の倉庫だった。

ザシュ、シュパッ。

そして、セレンの風魔法とガンドフの剣技によって、壁が大きく切り開かれる。

同時に、多くの人が倉庫の中に入ったのだった。

◇　◇　◇

僕が手足を縛られてボロボロになっているのを見ると、真っ先にアヤさんとマヤさんが駆け寄ってきた。

「レオ君、大丈夫？　ああ、こんなにもアザだらけになっちゃって」

「いま縄を切るから、ちょっと待っていてね」

マヤさんとアヤさんが、すぐに僕の手足を縛った縄を切ってくれた。そして、セレンお姉さんがしゃがみ込んで僕の頭を撫でてくれながら話しかけてきた。

「レオ君、頷くだけで良いから少し答えてね。レオ君を暴行したのは、のびているこいつらで良いかな？」

こくり。

「レオ君の事を殺すって言っていたかな？」

こくり。

「レオ君は身の危険を感じて、魔法で反撃した？　でも、殺さないように手加減したって感じかな？」

こくり。

「そう、分かったわ。体が辛いのに、答えてくれてありがとうね」

僕はいまだに立ち上がる事もできないし上手く喋れなかったので、セレンお姉さんの配慮はとってもありがたかった。

僕がセレンお姉さんの質問に答えると、セレンお姉さんは再びニコリと僕に笑いかけてから立ち上がった。

おお、立ち上がったセレンお姉さんが超激怒モードです。とんでもない怒りのオーラが出ていて、ちょっと怖いよ。

よく見るとガンドフさんもマヤさんもアヤさんも滅茶苦茶怒っていて、それ以外の人も憤慨していた。

「まずは、そこに転がっているお馬鹿さん達を拘束して守備隊に運びましょう。貴重な証言者になりますから、丁寧に運ばないといけませんね」

「よっしゃ、縛るのは任せろ。すぐにやってやるぜ」

「コイツラには、しっかり全部話してもらわないと困るからな」

僕が魔法で吹き飛ばして気絶させた男達は、街の人によってあっという間にぐるぐる巻きにされて担ぎ出されていった。

何だか、街の人もやる気満々です。

と、ここでギルドマスターが手にポーションを持って姿を現した。

「こりゃ派手にやられたな。気休め程度だけど、こいつを飲んでおけ」

「うっぐうっぐ。ふう、だいぶ楽になりました」

「そっか、それは良かった」

ギルドマスターから受け取ったポーションを飲み干すと、完全じゃないけどだいぶ調子が良くなった。

でも、まだ上手く魔力は扱えないよ。

「すまねえな、油断していたよ。俺が横にいるのに、誘拐されてこんな酷い目に遭うなんて。俺も、奴らがここまでやるとは思わなかったよ」

ギルドマスターがペコリと謝る。でも、僕も完全に油断していたからなあ。

そんな事を思いながらゆっくりと立ち上がるけど、まだ体がふらついている。

「おっと、まだ無理はするな。レオは見た目以上に重傷なんだから」

ひょい。

ふらふらとしていた僕は、ギルドマスターに抱っこされた。僕もこれでは歩けないと分かったので、素直にギルドマスターの厚意に甘えます。

「お、扉があったぞ。ここから教会の中に入れるぞ」

「では、守備隊と冒険者ギルドのメンバーで突入しましょう」

どうも僕が監禁されていた倉庫が教会の中に繋がっているみたいで、セレンお姉さんがあれこれ指示を出していた。

「じゃあ、俺はレオをギルドの医務室に連れていくぞ。お前らも無理はするなよ」

「ギルドマスター、よろしくお願いします。私達も怒りを抑えながら、冷静に対処しますよ」

僕はギルドマスターに抱っこされたまま、セレンお姉さんに手を振ります。

セレンお姉さんは一瞬僕にニコリとしてから、また真剣な顔になって扉から教会の中に入っていった。

「教会は、セレン達に任せて大丈夫だろう。俺達も行くぞ」

ギルドマスターはセレンお姉さん達を見送って、僕を抱っこしながら走り出した。

教会前に集まっていた街の人が、ギルドマスターに抱っこされている僕を見てビックリしていた。

◇◇◇

レオが救出された頃、代官邸でも動きがあった。

こちらにも群衆が押し寄せていて、まさに一触即発の状態だ。

「代官は今すぐ出てこい！」

「ここにいるのは分かっているんだぞ！」

代官邸の門は閉められていて、群衆がガチャガチャと門を揺する。

そんな群衆の様子を、代官邸にいる司祭と代官が焦った表情を浮かべながら見ていた。

「くそ、これはどうなっているんだ！　これでは、まるで俺達が悪人ではないか！」

「代官たる俺に逆らいやがって。ただでは済まないぞ」

応接室には親指の爪を噛みながらイライラしている司祭と、貧乏揺すりが止まらない代官の姿があった。

いまだになんでこうなったかを司祭と代官は理解していなかった。

ただ、周りに控えている人は状況がとても良くない事に気付いていた。

「司祭様、代官様。ここにいても状況は好転しません。王都に向かい、ヘーレンフェーン伯爵《はくしゃく》様に保護していただく事を進言いたします」

「ぐっ、仕方ないか」

「ここは再起を図る事としよう」

ソファーに座る司祭と代官が苦々しい表情をしながら執事の提案を受け入れる。それから宝石やお金を集めるように指示をして逃走の準備を始めた。

代官邸の周囲は群衆に囲まれているのだが、ここには万が一に備えて脱出路が確保されている。

代官達は屋敷の地下から、街の外れに繋がる非常通路に向かった。

「ハァハァハァ、ぐっ、地上はまだか」

「ゼエゼエ、まさかこんな屈辱《くつじょく》を受けるとは。倍返しにしないと気がすまないぞ」

司祭と代官は汗だくになりながら、地下道を歩いていた。

特に代官は普段からの不摂生がたたって、少し歩くだけでも汗だくになり息を切らす。

そして地上に着いた司祭と代官達は、用意してあった馬車に乗り込むと、やっと一息つく。

「ふう、やれやれだ。だが、セルカークの街を抜けてしまえばこちらの勝ちだな」

「はは、そうですな。後は、新しい地へ赴《おもむ》けば良いでしょう」

司祭と代官は額の汗を拭いながら、既にこの危機から逃げ切ったと思っていた。

だが、そうは簡単に物事は進まない。

防壁の門が固く閉ざされていて、セルカークの街から出る事ができなかったのだ。

「おい、ここを通しやがれ！　俺達を誰だと思っているんだ！」

「守備隊如きが、俺達の邪魔をするな！」

門が開く気配が全くないのを見て、司祭と代官は馬車の窓から身を乗り出してギャーギャー騒いでいた。

しかし、門にいたブラッドは、そんな司祭と代官の喚《わめ》く姿を全く気に留めない。

「現在セルカーク直轄領では、優秀な冒険者の誘拐事件が発生しております。王都の軍本部より、指示があるまで街を閉鎖せよとの指示を受けております」

「くっ」

ブラッドは、軍の命令書が映し出されている魔導具を司祭と代官に見せつけた。

その時点で、司祭と代官は頭に血が上っていてある事を見落としていた。

なぜ、ブラッドが王都の軍の命令書を持っていたか、彼らは疑問に思わなかった。

実は、既に王都の軍は書類偽造と横領関係で司祭と代官の罪状を調べ始めており、司祭と代官を逃さないようにという指示が出ていた。

そこにレオの誘拐事件が重なり、都合よくセルカークの街を封鎖する理由ができたのだ。

それを知らなかった司祭と代官は大声を上げた事で、自らここにいると、街の人に知らせてしまったのだ。

致命的なミスである。

「いたぞ！　こんな所にいやがったのか！」

「いつの間に馬車に乗っていたんだ。街から逃げる気だったんだな！」

「「ヒイイイ！」」

司祭と代官の大声を聞いた街の人が、一気に馬車の周りに集まってきた。かなり殺伐とした空気をかもし出していた。

街の人の怒号を聞いた司祭と代官は、馬車の窓を閉めて思わずすくみ上がってしまっていた。

「まあまあ、お前らの怒りも分かるがちょっと待って。今こいつらをどうにかしちまったら、レオの行方も分からなくなる可能性もあるぞ。馬車を囲って、逃走できないように見張ろうじゃないか」

「そうだな。今俺らがこいつらをやっちまったら、俺らが口封じした事になるしな」

「絶対に逃さないぞ。逃がしてたまるものか」

　馬車を囲む群衆に追いついた組合長が、咄嗟の機転で群衆をなだめていた。それでも、いまだに群衆からは殺気が溢れていた。

◇　◇　◇

　僕を抱っこしたギルドマスターが街中を駆ける。

　もうすぐ冒険者ギルドに着くところで、僕は防壁の門に集まっている人々に気が付いた。

「ギルドマスター、凄い人の数ですね」

「ああ、こりゃただ事じゃないな。ちょっくら様子を見に行くか」

　集団が何かを囲っている事は分かったんですけど、人が多すぎてその中心に何があるのかがよく見えなかった。僕とギルドマスターは、群衆に近づいていった。

　おや？　周りの人が囲っているのは、もしかして馬車かな。しかも、屋根しか見えないけど結構豪華な見た目をしている。

僕が不思議に思っていると、ギルドマスターが心底呆れた様子で、ため息をついた。

「はあ、ありゃ代官の馬車だぞ。あいつら、この街から逃げ出そうとしたのかよ」

「ええー！　でも、逃げてどうするつもりだったんでしょうか」

ギルドマスターの言葉を聞いて、僕は大きな声を上げてしまった。

この街を捨てて逃げるなんて、本当にひどい人達だったんですね。

そんな僕の声が響いた事で、守備隊長さんと組合長さんが僕の存在に気が付いた。

「うん？　おや、ギルドマスターとレオじゃないか。無事に救出されたんだな」

「うわあ、レオの顔がアザだらけじゃないか！」

組合長さんの言葉に、多くの人が僕の方を振り返った。

そして多くの人が、僕のアザだらけの顔を見て驚く。

「ギルドマスター、レオはどこにいたんだ？」

「教会だ。教会の倉庫で手足を縛られて、殴る蹴るの暴行を受けていたぞ。ちょっと遅かったら、間違いなく殺されていたな」

組合長さんの質問にギルドマスターが素直に答えると、話を聞いていた皆の怒りが一気に大爆発した。

「こんな小さな子を誘拐して殺そうとするなんて、お前は人間じゃない！」

「金儲けのために、何でもやって良いのかよ！」

「このろくでなし人間が！」

「司祭じゃなくて、悪魔だったのかよ！」

「「ヒィィィー！」」

人々が、馬車の中にいる人に罵声を浴びせながら馬車を叩いていた。

何となく分かったけど、この馬車の中には代官だけでなく司祭も乗っているんだね。

すると、ブラッド隊長さんが隊員を集めて命令した。

「代官並びに司祭の一味を、レオへの誘拐及び殺人未遂の現行犯で逮捕する。また、王都の軍より正式に代官と司祭の捕縛命令が下された。馬車から引きずり出して、守備隊の牢屋にぶち込むぞ」

「「「おおー！」」」

「「ヒィィィ！」」

人々の手によって馬車の扉が強引に開けられて、中から代官と司祭が引きずり出された。

馬車から引きずり出された代官と司祭はかなり慌てていましたが、あっという間に守備隊員によって捕縛されて、多くの人に囲まれながら守備隊の施設へと連行された。

悪が捕まる瞬間は、随分と呆気ないですね。

「後は守備隊に任せよう。レオはゆっくりと休むと良い」

「そうですね。何だかホッとしたら、気が抜けてきました」

「眠かったら寝た方がいい。寝れば魔法も使えるようになるさ」

「はい、おやすみ、なさい……」

僕は傷と魔力の回復のために、ギルドマスターに抱っこされたまま寝る事に。

眠った僕の事は、ギルドマスターが冒険者ギルドの医務室に運んでくれたようです。

ちなみにボコボコの状態で冒険者ギルドに運ばれたので、僕の姿を見たシェリーさんだけでなく受付のお姉さんのほとんどが大きな悲鳴を上げたそうです。

◇　◇　◇

「うーん。うん？　ここはどこだろう？」

僕は、簡素なベッドの上で目を覚ましました。

そうか、誘拐から救出してもらって、ギルドマスターに抱っこされたまま寝ちゃったんだ。

「いてて、まだ体中が痛いや。治療をしないと」

ギルドマスターの言う通り、寝たお陰で魔力が戻った感覚がした。

僕は自分に回復魔法をかけます。

ぴかー。

全快ではないけど、怪我はだいぶ良くなった。でもやっぱり大きな怪我をしたので、まだ上手く魔力が扱えません。

それよりも、もっと重大な事が。

ぐー。

うう、とってもお腹が空いちゃった。

そもそも、今は何時だろうか。

僕は部屋を仕切っていたカーテンを開けて、部屋の外に出ていきます。

ガヤガヤガヤ。

「あ、もうお昼の時間なんだ。ちょうどお腹も空くわけだね」

カーテンを開けた先は、ギルドの卸場のすぐ近くでした。

昼食の時間らしく、食堂は多くの人で溢れかえっていた。

そんな事を思っていたら、ギルドの卸場から一人の職員が僕に近づいてきた。

「お、起きたか。調子はどうだ？」

「だいぶ良くなりました。でも、魔法を使ったのでお腹ペコペコです」

「ははは、そりゃ上等だ。お腹が空くなら元気になってきた証拠だな」

いつも僕が薬草を卸している担当のおじさんが僕の頭を撫でてくれた。

何だか久々に冒険者ギルドに来たような感覚です。

僕はおじさんと話し終えると、シェリーさんのいる受付に向かった。

すると受付に向かっている途中でシェリーさんが僕に気が付いて、僕の所に走ってきた。

シェリーさんが僕の体をペタペタと触ってきます。

「レオ君、もう起きて大丈夫なの？　体は痛くない？」

「はい、回復魔法をかけたらだいぶ良くなりました」

「そう、それは良かったわ。運ばれてきた時のレオ君はボロボロだったから、本当に心配したのよ」

ホッとしたシェリーさんは床に膝を突きながら、僕の事を優しく抱きしめてくれた。

受付のお姉さんの中には、思わず目尻の涙を拭っている人もいた。

ぐー。

あっ、こんなタイミングでお腹が鳴っちゃった。

僕はシェリーさんに抱きしめられたまま、顔が真っ赤になってしまった。

「あら、お腹空いちゃったのね。私達もちょうど昼食の時間だから、一緒に食べようね」

「はい……」

僕が顔を真っ赤にしたまま頷くと、シェリーさんはニコリとしながら僕の手を引いて歩き始めた。

既に食堂の席には他の受付のお姉さんも座っていて、僕の頭を撫でながら無事を喜んでいた。

「はい、日替わりランチのハーフサイズだよ。今日はサイコロステーキだよ」

「おばちゃん、ありがとう」

「いっぱい食べて、早く元気になるんだよ」

おばちゃんが僕の前に、今日の日替わりランチを持ってきてくれた。他の受付のお姉さんも、同じく日替わりランチを頼んでいます。

お腹がペコペコな僕は、テーブルに料理が置かれると一気に食べ始めちゃいました。

「レオ君、よっぽどお腹が空いていたのね。がっついて食べているわよ」

「何だか微笑ましいね。あんなに一生懸命に食べるレオ君は初めて見たわ」

僕が食べ進めているのを、受付のお姉さん達が微笑ましく見ていた。

僕は目の前の料理に夢中で、周囲の視線どころじゃなかったけどね。

そして、あっという間に完食しちゃいました。

「じゃあ、私からレオ君にちょっと話があるわ」

皆の食事が終わると、シェリーさんが僕に話しかけてきた。

多分、僕の誘拐事件の件でしょう。

「レオ君は、今日は一日お休みです。暴行を受けた後は上手く魔法を使えなかったと聞いたし、まだ治療したばかりだからね。何よりまだ本調子じゃないですし、無理はさせられません」

シェリーさんから出ている物凄い迫力に、僕は思わず何回も頷きます。

本当は午後から冒険者ギルド内で治療の仕事をしようと思っていたけど、大人しくしていないと怒られちゃいそうです。

それに魔法の制御の件を言われると、僕も強く言い返せません。

「今日は、読書でもしながらゆっくりしなさいね。守備隊も冒険者ギルドも今朝の対応で大忙しだし、レオ君に話を聞くとなっても明日以降になるのは確実だわ」

「教会と代官邸の二箇所を捜索しないとなりませんから、時間がかかるのはしょうがないですね。じゃあ、明日は何かあったらすぐに動けるように、今日できなかった冒険者ギルド内の治療をやります」

「そうね、それが良いわ。でも、レオ君の体調が悪かったら、明日もお休みにするわよ」

僕の今日と明日の予定が決まったところで、午後は宿の部屋に戻って魔法の本を読む事にした。

今度、街の本屋に行ってポーション作りの本を買って読んでみよう。

ちなみに、昼食の代金はシェリーさんが払ってくれた。

シェリーさんは冒険者ギルドが僕に迷惑をかけたって言っていたけど、僕は全然そんな事ないと思っている。

「うーん、自分の身を守る魔法でも覚えようかな。でも、どんな魔法があるんだろう」

相手を無効化するものだと、セレンお姉さんも使うバインドが良いよね。僕もバインドは少し使えるけど、もっと精度を上げないと。

他に、何か良い魔法はないかな。

「あっ、ここに書いてある魔法が良いかも。『魔法を上手く制御できれば、特定の範囲に影響を及ぼすものが扱えます。ただし、通常の魔法の何倍もの魔力を消費します』」

もし電撃の魔法を広範囲に出せれば、一気に敵を無効化できる。でも、確かに魔力制御も難しいし、今の僕の魔力だとどこまでできるか分からないよ。

うーん、この広範囲に出力する魔法は、地道に魔力制御の訓練を続けないとできないから、今すぐに使うのは難しいかも。

「とりあえずは、毎日訓練を続けてもっと上手な魔法使いにならないと駄目だね」

当面の目標もできたし、後は訓練あるのみ。

僕は魔法の本を魔法袋に仕舞うと、ベッドに移動して寝っ転がりました。

やっぱり完全に治りきっていないので、また眠くなってしまった。

今日は寝てばっかりだなと思いつつ、僕は夕方までぐっすりと眠っていた。

翌日は、予定通り冒険者ギルドで治療を行います。

もちろん、体調はバッチリです。

ギルド内のいつもの場所で準備をしていると、冒険者が段々集まってきた。

「レオ、もう動いても大丈夫なのか？」

「一晩寝たら、すっかり元気になりました」

「そうか、それは良かったな」

冒険者のおじさんが、僕の頭を少し強く撫でながらニコッとしてきた。大きな事件の後だけど、皆は僕に普通に接してくれます。

僕も頑張って治療しようと、気合を入れます。

「じゃあ、最初は俺だな」

「はい、ってまたお酒の飲みすぎですか？」

「ははは、あの代官と司祭が捕まったんだ。こんなに嬉しい夜はないぞ」

前に二日酔いの治療をしたおじさんが、上機嫌で僕の所にやってきた。

上機嫌になる気持ちは分かるけど、お酒の飲みすぎは良くないです。

そして次々と色々な人が治療を受けに来ました。

その中には、他にもお酒の飲みすぎな人がちらほらいた。

誘拐された僕が言うのもなんだけど、街の人は代官と司祭が捕まったのが本当に嬉しいんだ。

「代官のがめつさは有名だったからな。色々な方法で金を集めて、贅沢三昧していたぞ」

「教会も豪華な調度品ばかり並べていて、まるで迎賓館《げいひんかん》みたいな感じだったな。他の街の教会に行った事があるが、この街とあまりに違ってビックリしたぞ」

僕は治療を受けに来た冒険者に改めて代官と司祭の事を聞いたけど、皆が皆ボロクソに評価していた。

でも、これからは街は良くなりそうだ。

そう思いながら、僕は治療を続けていきました。

「レオ、今日の治療を終えたらギルドの個室に来てくれ。ちょっと話がある」

夕方になってそろそろ片付けようとしたら、ギルドマスターが僕に声をかけてきました。間違いなく、昨日の事件の話ですね。

僕は後片付けをして受付で手続きを済ませてから、冒険者ギルドの個室に向かいます。

「改めて、昨日はすまなかったな。これからの事を少し話そうと思う」

ギルドマスターが個室に来て、話が始まった。

何だか真剣な表情をしているよ。

「まず、レオを誘拐して暴行した奴らは、全員賞金首の犯罪者だった。過去に殺人や誘拐だけでなく、色々な犯罪を起こしていた。もちろんレオが奴らを倒したから、賞金はレオの取り分になる」

えー！

どうりで凶悪な人が多かったわけだ。あれだけの残忍な振る舞いを見ると納得できるね。

という事は、代官と司祭は犯罪者とグルだったんだ。

僕の反応を見て、ギルドマスターがため息をついた。

「というか、代官と司祭の所はまさかの犯罪者だらけというオチだったぞ。どうやら、私兵としてならず者を雇っていたらしいな。屋敷も教会も不正の証拠のオンパレードで、守備隊曰く調べるのがかなり大変だそうだ」

今さらながら代官と司祭がとんでもない悪人に思えてきた。けど、街の人にとっては大悪人で間違いないよね。

捜査にはかなりの時間がかかりそうだけど、ここは守備隊の人に頑張ってもらわないと。

「後は例の盗賊団の時もそうだが、今回もレオは事件の関係者になるから、ある程度事件が落ち着くまではセルカークの街にいてもらうぞ。二週間後には王都から軍が来るから、そこで今後について話されるだろう」

「日にちは大丈夫です。当分は、皆さんへの治療を続けるつもりです」

「レオが治療を続けてくれると俺らも助かる。教会が正常な状態に戻るまでしばらく時間がかかるし、その間の治療の手がどうしても必要になるからな」

少なくとも教会がまともな状態になるまでは、街の人には僕の治療が必要だそうです。

僕はギルドマスターの話を聞いて、拳を握りしめてふんすってやる気満々になった。

そんな僕の事を、ギルドマスターが温かい目で見ていたよ。

「さて、話はこのくらいにしておこう。皆がレオを夕食に誘ってと俺に言ったのでな。俺が奢るから、皆で食いに行かないか？」

せっかくのお誘いなので、僕は冒険者ギルドの職員の人と一緒に、街にある食堂に夕食を食べに行きました。

ちなみに冒険者ギルドの人がたくさん注文してたくさん食べたので、お会計の時にギルドマスターが金額を見てしばらくの間固まっていました。

◇◇◇

王都から軍が来るまで日にちがあるので、僕はいつも通り薬草採取とかをしています。実は最近は採った薬草を全て冒険者ギルドに卸していなくて、少し魔法袋に残しています。

そして、今日商店であるものを買い揃えました。

ポーション作りに必要な道具です。

「ふふふ、これでポーション作りができるよ」

買ったのは、薬草を洗う桶と薬草を煮るための鍋に薬草を濾すための布、そして魔導コンロとポーションを詰める瓶とコルクです。

薬屋さんは薪《まき》のコンロでお湯を沸かしていたけど、火事にならないように魔導コンロを使います。

鍋は、一人用の小さいものを購入しました。

前から十分にお金はあったけど、治療とかで忙しくて中々道具を買いに行く時間がありませんでした。今日は薬草採取を午前中で切り上げて、時間を作ったのです。

僕は、ニコニコ顔で宿に戻ります。

「よし、じゃあ最初にポーションを作ってみよう」

僕はすぐにポーション作りの準備を始めました。

材料はポーション作りに必要な薬草と、これまた商店で手に入れた魔石の欠片です。魔石の欠片はなくさないように、予《あらかじ》め小さな布の袋に入れておきます。

水は水魔法で作れるので、井戸から汲む事はしません。というか、まだ身体強化魔法が上手く使えないので、水を汲んでも重くて持てません。

「まずは、薬草をしっかり洗わないと。採ったばかりの薬草って、結構汚れているんだね」

お店で売っている薬草ではなく外で採りたての薬草なので、土がかなり残っていました。

綺麗に洗い流した薬草を、鍋に移します。

「今回は二十枚の薬草だから、コップ二杯分の水を入れるんだね。薬草の葉が小さいから、二十枚でも全然量がないんだ」

ゆっくりコトコトと魔導コンロを弱火にしながら、鍋に入った薬草を煮込んでいきます。しばらくすると、段々と鍋の水の色が変わってきたよ。

「ここで魔石の欠片を入れるんだね。薬屋さんではここから十分くらい煮込んでいたけど、僕は鑑定を使って様子を見てみようっと」

ここでもじっくり鍋の薬草を煮込んでいきます。

お、魔石の欠片を入れて大体八分くらいして、煮汁を鑑定したらポーションって表示されたよ。

後は魔導コンロを止めて、冷めるまで待たないと。その間に、瓶を用意しておこう。

「お料理で使う深めのスプーンも買ったから、これで瓶に入れてみよう」

僕は鍋の中の煮汁を別の鍋の上に敷いた布で濾しながら、瓶に詰める準備をします。

濾した液体を瓶に入れたら、コルク栓で蓋をします。

「やった、遂にできた！」

ふふふ、ようやくポーションが完成したよ。

何回鑑定しても、バッチリとポーションと表示されています。出来上がったポーションは全部で四本で、綺麗な緑色をしています。

後片付けをするために、一度使ったものを魔法袋に入れて冒険者ギルド裏手の井戸がある所に向かいます。洗ってから生活魔法で綺麗にしたら、後片付けはバッチリです。

「うふふ、僕の作ったポーションを見たら、薬屋さんの旦那さんはどんな反応をするかな？」

僕は、ウキウキしながら薬屋さんに向かいます。

そういえば、こんな気分になったのは生まれて初めてだ。きっと僕の顔を鏡で見たらニヤニヤしているのかもしれないけど、それくらい僕は上機嫌だ。


「頑張って、一人でポーションを作りました！」

「あらまあ、レオ君凄いわね！」

お店に着くと奥さんが店番をしていたので、僕は得意気になりながら出来上がったポーションを見せました。

旦那さんがどこにいるか聞くと、組合の会合に出ていて、夕方まで不在との事でした。

奥さんは僕の作ったポーションを手に取り、色々な角度から見ていた。

すると、奥さんは小さな魔導具を取り出しました。長細い形状で、端が少しへこんでいます。

「これはね、ポーションの品質を調べる魔導具よ。このへこみにポーションを少し垂らして、問題なければ緑色に光って駄目だと赤く光るのよ」

ポーションの品質を調べる魔導具があるなんて、僕はとてもビックリです。

奥さんは僕の作ったポーションを一滴だけ魔導具のへこみに垂らします。すると、すぐに魔導具が緑色に光った。

「うん、品質も問題ないわ。いきなりポーションを作れるなんて、レオ君は天才ね」

奥さんの太鼓判も貰ったので、僕は思わず笑顔になります。

作ったポーションは奥さんが預かってくれて、後で旦那さんに見てもらう事になった。

そして、旦那さんに僕の作ったポーションを見てもらった結果、僕は薬屋さんでのポーション作りという指名依頼が入った。

鑑定魔法は使ったけど、独力で仕事を勝ち取れて僕はかなり嬉しくなりました。

ポーションが作れるようになってからは、薬草採取もとても楽しくなりました。

自分の採取したものが有効活用されているのをこの目で見たので、薬草採取も人のためになっているんだなと実感しました。

◇　◇　◇

「レオ君みたいな感じで依頼をこなしてくれる人がいれば、こちらも嬉しいんだけどね。最近はちょっと面倒くさい人が増えてきたのよ」

ギルドの食堂でシェリーさんとお昼ご飯を食べていると、シェリーさんがため息をつきながら僕に話しかけてきた。

そういえば、最近新しい冒険者を見かけるようになったかも。

「あっ、私も感じました。何だか感じの悪い人が増えてきましたよね」

「この前、しつこくナンパされました。思わずぶっ飛ばしてやりましたよ」

たまたま一緒になったマヤさんとアヤさんも、シェリーさんの話に同意しています。

でも、何でそんないい加減な冒険者が増えたんだろうか。

「はあ、どこもその話ばっかりだな。まあ、どうしようもない部分があるんだけどな」

と、ここでギルドマスターも自分の食事を持ってきて、僕達と同じテーブルに座ります。

そして、隣のテーブルに座っている男性四人組の事をギロリと睨みつけました。

実は、隣のテーブルの男性達がシェリーさんとマヤさんとアヤさんの事をニヤニヤとしながら眺めていたので、皆でわざとさっきの話をしていたのです。

それでも隣のテーブルの男性達がニヤニヤを止めなかったので、ギルドマスターが追撃に入りました。

流石にギルドマスターの睨みはとても効果的だったみたいで、男性四人組はすぐにそそくさと逃げていきます。

「嘆かわしい事だが、代官と司祭がいなくなったのが原因なんだよ。セルカークの街は、代官と司祭のアホな政策のせいで街に縁のある者しかいなかった。ところがあの二人が捕まったのが広まって、周囲の村から一旗揚げようと思っている者がセルカークの街に入ってきた。そのせいで治安が悪くなってきた。これからもっと人の流入があるだろうな」

ギルドマスターがため息をつきながら経緯を話してくれた。

代官と司祭を捕まえたせいで、今度は外部から人が入ってきて犯罪トラブルが起きているなんて、何だか変だよね。

「守備隊も代官邸と教会の捜索で人を割いているから、いつもよりも巡回の数が減っているんだ。まあ、あと二日で王都から来た軍が到着するから、それまでの辛抱だな。レオは周りの事を気にせずに、指名依頼をやれば良いぞ」

ギルドマスターはお肉を食べながらそう言うけど、そんな時に限って事件が起きてしまいました。

数日後。

ドス。

「わあ！」

お昼時になっての事です。薬屋さんでのポーション作りを終えて冒険者ギルドに戻ってくると、僕達の隣のテーブルに座っていた男性四人組がいきなり僕の事を突き飛ばした。

「何で、お前みたいなガキが冒険者ギルドにいるんだよ！」

「しかも指名依頼だと！　ふざけるなよ」

うーん、この四人組男性は、冒険者登録初日に僕に絡んできたあの男性にそっくりです。

いや、集団で騒いでいるあたり、あの男性よりもたちが悪いかも。僕もあの時より冒険者活動に慣れてきたから、荒事にも少しは耐性がついている。

僕は立ち上がると、お尻をパンパンとはたいてから男性四人組に言います。

「僕も、小さいなりに一生懸命に勉強して頑張ってお仕事を得たんです。何もしていない人に言われたくないです！」

「何を、このガキが！」

僕は自分の思いを四人組男性にぶつけたけど、彼らはもう頭に血が上っていて何を言っても無駄だった。

　一人がナイフを抜いたのに続いて、他の三人も次々とナイフを手にした。

「あっ、冒険者ギルド内で勝手に武器を抜くと、偉い人に怒られますよ」

「うるせー！　ガキにここまで言われて引き下がれるか！」

　四人組は僕に襲いかかろうとしたけど、僕が言った冒険者ギルドの偉い人がすでに多くスタンバイしていた。

「おらー！　お前ら何をしている！」

　ドカ、バキ、ズドン。

「「「ぐはぁ！」」」

「へっ？」

　騒ぎを聞きつけたギルドマスターが、四人組の真後ろに仁王立ちしていました。彼らの内の三人は、ギルドマスターによってあっという間に倒されました。

　一人だけ残ったけど、どちらかというとわざと残されたみたいです。

　と、ここでギルドマスターが残った人のこめかみを鷲掴みにします。

　ギリギリギリ。

「あああ！　頭が、頭が割れる！」

「既に守備隊を呼んでおいた。こんな所で刃物を抜くなんて、お前ら良い度胸だな」

「あーーー！」

残った一人の男はギルドマスターのアイアンクローをくらって断末魔の悲鳴を上げていたけど、ギルドマスターは男が気絶するまでアイアンクローを止めなかった。

どさっ。

「あが、あがが……」

「ったく、ギルド内で馬鹿な事をしてくれたな。他にも同じような奴はいないだろうな？」

そして、ギルドマスターは冒険者ギルドにいる人を睨みつけます。視線を逸らしている人がいるので、あの四人組と同じ事を考えていた人もいそうだ。

うーん、何だか冒険者ギルドの中に嫌な雰囲気が漂っていた。

軍が到着して早く何とか良い雰囲気に戻ってほしいな。

そう思ったけど、軍がセルカークの街に来るまでにまた事件が起きてしまった。


さらに翌日、僕がマヤさんとアヤさんと一緒に薬草を採取している時でした。

「レオ君がいると、薬草もたくさん採れるよね」

「しかも色々な種類の薬草が採れるから、買い取り金額も良いんだよね」

僕は鑑定魔法を使えるので、次々と薬草を見つける事ができます。

念のために何かあっても対応できるように門の近くで薬草を採っていたんだけど、まさか本当に厄介事に巻き込まれるなんて。

ざっざっ。

「へへへ、いたいた。お前が薬草をよく集めているガキだな」

「ほほー、綺麗な姉ちゃんもいるじゃないか」

いかにも頭の弱そうな二人組が、僕達に声をかけてきた。

うん、どう見てもあまり良い状況ではなさそうだ。マヤさんとアヤさんも、二人組の男に警戒心を隠そうともしません。

「僕に何の用事ですか？」

「なに、簡単な話だ。お前が採取した薬草を、全て俺達に寄越せって事だ」

「ついでに、そこの二人の姉ちゃんもくれたらありがたいな。がっはは」

二人組の男は、僕に剣を突きつけながら話をしてきた。

はあ、またかと思いながら、僕は密かに準備した電撃魔法を二人組目がけて放った。

シュイーン、バリバリバリ！

「「ギャー！」」

ちょっと魔力の溜めに時間がかかったけど、二人組には新しく覚えたエリアスタンという魔法の実験台になってもらいます。

ちょうど上手い具合にエリアスタンが決まって、二人組は白目になりながら街道に倒れた。

「こいつら、明らかにレオ君を狙っていたね」

「レオ君が薬草を採っているという情報を、どこからか聞いたんだね」

マヤさんとアヤさんが、手早く二人組を縛り上げていきます。確かにマヤさんとアヤさんの言う通り、この二人組は誰かから僕の情報を得たんだ。

と、ここで僕達の所にナナリーお姉さんとカエラお姉さんがやってきた。

ナナリーお姉さんとカエラお姉さんは、ちょうど今日の防壁の門の当番に入っていた。

「どうも、レオ君が幼いのに冒険者ギルドで優遇されているんじゃないかって不満に思っている人がいるみたいね。それで、ある事ない事を言っているのがいるみたいよ」

「ただ、そいつはどうも代官と司祭と繋がっていて、守備隊と冒険者ギルドを恨んでいるって話もあるの」

ナナリーお姉さんとカエラお姉さんが、他の守備隊の隊員に指示を出しながら僕達にそう話してくれた。

裏で情報を流している人がどんな人か分からないけど、そういう人って大抵は良くない人です。

「マヤとアヤも、レオ君だけじゃなくて自分の事も気を付けなさい」

「レオ君に親しい存在だっていう事で、不審者のターゲットにされかねないからね」

ナナリーお姉さんとカエラお姉さんが、マヤさんとアヤさんに身の安全について忠告していた。

僕の知り合いという理由で悪い人に狙われるのは嫌だな。

「じゃあ、レオ君達は薬草採取の続きをしていて良いわよ」

「私達も仕事があるけど、極力見守るからね」

ナナリーお姉さんとカエラお姉さんは、二人組を運び終えると再び門に移動しました。

まあ、今回は相手が剣を抜いて脅迫した瞬間に僕が倒しちゃったから、ナナリーお姉さんとカエラお姉さんの出番はなかった。できればこれからもナナリーお姉さんとカエラお姉さんが活躍する場がない事を祈りたい。

「うーん、やっぱり変な人が増えているよね」

「うん、それは私も思ったよ。街中でもトラブルが多いって聞くし、組合長も頭を抱えていたよ」

薬草採取を再開しながらマヤさんとアヤさんと話をするけど、商店の方でもトラブルが起きているそうです。

誰が裏で糸を引いているのだろうって思い、僕は思わず不安な気持ちになってしまった。

ちなみに、薬草はいっぱい採れて換金額もかなりの額になりました。

そして、遂にセルカークの街に軍がやってくる日になりました。

僕は誘拐事件の被害者で軍の人に事情を聞かれるという事なので、今日一日は何も依頼を受けません。

せっかくなので、街に入る軍を見に行こうと思って、冒険者ギルドの前に出ようとした。

がし。

そんな僕の両肩を、後ろから掴んでくる人がいた。

振り返ると、ギルドマスターがニヤリとしている。

「よし、俺はこのあと軍を出迎えないとならないから、レオも一緒に行こう。どうせ俺と一緒に事情を説明しないとならないし、ついでだな」

ギルドマスターは、さらに僕の両肩をぽんぽんとしてきた。

あの、ギルドマスターの笑顔からとっても嫌な予感がする。

「どうせだから、ブラッド隊長と一緒に並ぼう。レオは良いなぁ、最前列だぞ」

まさかギルドマスターの策略が発動するとは。

僕は良い道連れを見つけたという表情のギルドマスターに手を引かれて、防壁の門までやってきました。

「おお、ギルドマスター。誰を連れてきたのかと思ったよ。レオは、私とギルドマスターの隣にいると良い」

さらに正装に着替えたブラッド隊長さんも、当たり前だといった感じで僕を最前列に並べます。

あの、何で僕はこんな事になっているのでしょうか。

思いっきり頭にはてなマークを浮かべていると、遠くから足音が聞こえてきた。

「おっ、軍隊様のおでましだな。おや？　聖騎士団も一緒か」

「そうみたいだな。報告では聞いていなかったが、教会が絡んでいるから来てもおかしくないな」

「そうだな。それだけデカい事件だったしな」

ギルドマスターとブラッド隊長さんが軍を見ながら話をしているけど、確かに灰色っぽい鎧を着た人達と真っ白な鎧を着た人に分かれていた。

軍は総勢二百人を超える部隊で、馬車や馬に乗っている。灰色の鎧を着た人と白い鎧を着た人が、大体半分くらいですね。そして、一際豪華な鎧を着た二人の男性が、馬車から降りてきた。

「これはこれは、師団長に、聖騎士団の副団長ではないですか」

ギルドマスターがかなりビックリしたような表情をしていた。今まで会った人とは雰囲気も違うし、それだけ偉い人なんだ。

二人は部下を引き連れて、ブラッド隊長さんとギルドマスターに近づきました。

「師団長と聖騎士団の副団長におかれましては、王都からの長旅お疲れ様でした」

「ようこそセルカークの街においでくださいました」

「いやいや、君達こそ大変だっただろう。王都のギルドマスターも、君達の事を褒めていたよ」

「それに、あれだけの事件が起きたんだ。我々よりも上の者が、セルカークの街に向かうと言っていたよ」

おお、いつも礼儀正しいブラッド隊長さんはともかくとして、あの見た目が犯罪者みたいなギルドマスターまで丁寧に対応しているよ。

隣にいるから変な反応はできないけど、傍観者だったらいつもと違うギルドマスターの様子に絶対にビックリしていたよ。

そして、いきなり話題が僕の事に移ります。

「そして、こちらにいるのが報告していた少年のレオになります」

「まだまだ駆け出しの冒険者ですが、魔法使いとしてはかなりの才能を秘めています」

ブラッド隊長さんとギルドマスターの説明に、軍の偉い人もお付きの人も、僕の方に視線を向けちゃったよ。

　と、とりあえず挨拶をしないと。

「は、初めまちて。レオといいましゅ」

　や、やっちゃった。思いっきり噛んじゃった。しかも、二回も。

　僕が顔を真っ赤にして俯《うつむ》いたら、偉い人が順番にポンポンと僕の頭を撫でてくれました。

「いやいや、小さいのにしっかりとした挨拶だ。何も気にする事はないぞ」

「そうそう。良い挨拶だったよ」

　よ、良かった。二人とも優しい人で助かった。

　お付きの人を含めて、なんだか微笑ましいものを見たという表情になっていました。

「君とはじっくりと話をしたい。また後で会おう」

「それでは、失礼するよ」

　偉い人は再び馬車に乗り込んで、街の中に入っていった。

　それから、騎士団の全員が街の中に入って、見物客も解散し始めます。

「ぶっ、ははは。豪快に噛んだな」

「流石に、私も笑いを堪えてフォローできなかったよ」

　僕の肩をバンバンと叩きながら、ギルドマスターが大爆笑していた。さらにブラッド隊長さんも、くすくすと笑っています。

それにしてもギルドマスター、叩かれた肩がかなり痛いです。

「場の雰囲気も和やかになったし、これはこれで良いんじゃないかな。くくく」

「ギルドマスター、ここまでにしておきましょう。さあ、私達も守備隊の施設に向かわなければ」

いまだに笑いを堪えている二人の後を、若干ムカッとしながら付いていきます。

何となく、僕の予想だとギルドマスターは後で何かありそうな気がします。

僕はギルドマスターとブラッド隊長さんの後を付いていきながら、守備隊の施設に入ります。

軍の人は一休みして、それぞれの持ち場に移るそうです。

王都から来た軍の人と教会の聖騎士団は鎧の色は違うけど、お互いにお話して和気あいあいとした雰囲気です。

そんな様子を見ながら、僕は久々に守備隊の事務所にある会議室に入っていった。

「しかし、事件解決のきっかけになったのがこんなにも小さな少年だったとはね」

「そして誘拐された上に、あろう事か教会内部で暴行を受けたなんて。許しがたいのと同時に、可哀想で申し訳ない気持ちでいっぱいだ」

会議室に着いたら、いきなり偉い人から声をかけられました。

先程会った師団長さんと聖騎士団の副団長さんです。師団長さんはマイスター伯爵様といって、教会の偉い人の副団長さんはトータス子爵様という人です。

　二人とも僕にとっても優しくしてくれた。

「レオ君がこの街に来たきっかけとなった人身売買事件も、我々が調べる事になった。両親を捕まえる事になるだろうが、レオ君は大丈夫か？」

「はい。両親の事は、もう大丈夫です。愛情もほとんど受けずに育ったので、自立した今は記憶の片隅に置いておきたいです」

「そうか、分かった。しかし、まだ親に可愛がられて育つはずの年頃なのに、こうして自立しないとならないとは、なんとも不憫《ふびん》な事だ」

　両親を捕まえると言っていたけど、という事は何らかの罰を受けるのかな。

　マイスター師団長さんに続いて、トータス副団長さんが話し始めます。

「今後の事だが、本来街の治療は教会と薬屋が販売する治療薬がメインとなる。できるだけその形に持っていきたいのだが、代わりの司祭と教会の職員が到着するまで十日はかかるのだ。それまでの間、レオ君には教会に活動場所を移して引き続き治療をしてもらいたい。もちろん、報酬は支払うよ」

　僕は副団長さんの話を聞いて頷きます。

場所が変わっても、僕は怪我人や病人を治療するだけです。

「しかし、ブラッド隊長から連絡を貰った時は耳を疑ったよ。どうやら前から報告は受けていたみたいなんだが、代官が二人の連絡役を買収していたみたいで、情報が揉み消されていたようなんだ。たまたま二人とも飲みすぎで休んで、新人の連絡役が私の所に駆け込んできたお陰で分かったよ」

「教会も同様です。あの司祭が、外部に情報が漏れないよう工作をしていました。他に違法行為など怪しい点がないか調べたら、既に三箇所も見つかりました。司教様も大変残念に思っていました」

　マイスター師団長さんとトータス副団長さんが軍と教会の状況を話しながら、とっても悔しそうな表情をしていた。身近で巨悪が動いていた事に気付けなかった不甲斐なさを感じているようです。

　それだけ今回の事件は、とっても大きな事だったみたいです。

「奴らは金儲けと贈収賄の才能があったみたいだな。代わりに、政治的な手腕や教会の教義を守る倫理観は皆無だったが」

「これは手痛い話ですね。富の独占は良くない事とされていますが、あの二人にとってはどうでも良かったみたいです」

　ギルドマスターがニヤリとしながら言うと、トータス副団長さんが戸惑った表情で返していた。

「さて、あの馬鹿どもの顔を拝みに行きますか。伝えなければならない事がたくさんあるのでね」

「ええ、私も司祭に対して言いたい事が山程あります」

僕達との話し合いが終わると、気合の入った表情でマイスター師団長さんとトータス副団長さんが守備隊の牢屋の方へ向かった。僕もその後に続きました。

牢屋に入るのは初めてです。

「うっ、お前は！」

「なぜ、お前がここにいる！」

牢屋の中では、囚人服を着た代官と司祭が、マイスター師団長さんとトータス副団長さんに悪態をついていた。

代官と司祭は若干痩せた気もしますが、まだ元気はあるみたいですね。

「お前らが出てきたところで、俺達をどうする事もできないぞ。なにせ、俺達の後ろには王国の大貴族のヘーレンフェーン伯爵様がついているんだからな」

「そうだそうだ！　分かったら一刻も早く俺達をここから出しやがれ！」

おお、代官と司祭がさらに大声を張り上げて僕達に向かって叫んでいるよ。

マイスター師団長とトータス副団長は、汚れたものを見る目で代官と司祭を睨んでいた。

そして、マイスター師団長とトータス副団長が冷徹な声で代官と司祭に事実を告げます。

「既にヘーレンフェーン伯爵は処刑された。ヘーレンフェーン伯爵家自体も取り潰された」

「もう、ヘーレンフェーン伯爵はこの世にいない。地獄に落ちたのだ」

「「はっ？」」

代官と司祭は全く状況を理解していないようで、素っ頓狂な声を上げていた。

実は、ヘーレンフェーン伯爵が死刑になった話は、先程の話し合いの中で既に聞かされていた。

前々からこの伯爵は胡散臭い事で有名だったようで、捜査の準備はできていたという。

ブラッド隊長さんからの連絡を受けた後、王都の軍が一斉にヘーレンフェーン伯爵とその仲間を調査すると、言い逃れできないレベルの悪事の証拠が大量に出てきて、あっという間に捕縛されたそうです。

そして、国王陛下直々にヘーレンフェーン伯爵に対して死刑が言い渡されたと教えてもらった。

「では、私達には仕事があるのでな。今度二人に会う時は、死刑台の上だな」

「首を洗って待っていろよ。これまでの罪の数々、天国に行けるとは決して思うなよ」

「えっ、どういう事だ？」

「おい、おい！」

師団長達の言葉に、代官と司祭は慌てふためいた。

僕達は、彼らの反応を無視して牢屋を後にします。

既に代官と司祭の罪状は守備隊が洗い出していて、もう二人の判決内容は決まったものだとマイスター師団長は言っていました。

でも街の人々に伝えたり、処刑が行われる王都まで護送したりするために軍は絶対に必要みたいです。この辺の難しい事情は、大人にお任せです。

マイスター師団長とトータス副団長は他の仕事があるそうで、すぐに部下と共にどこかに出かけていった。

僕は師団長達と別れると、ギルドマスターと一緒に冒険者ギルドに戻った。

もうそろそろ昼食の時間だなって思いながら、冒険者ギルドに足を踏み入れようとしたのですが、そこで思わず僕は足を止めてしまった。

「ギルドマスター、ちょっとお話がありますわ。レオ君を王都の軍への挨拶に付き合わせた事についてなのですが」

「げっ！」

冒険者ギルドの入り口では、シェリーさんが腰に手を当てて仁王立ちしていた。シェリーさんから漏れ出ているとてつもない迫力に、冒険者ギルド内も騒然としている。

そして、シェリーさんはギルドマスターの手を掴んで引きずりながら、冒険者ギルドの受付の奥へ消えていった。

「シェリーさん、レオ君がギルドマスターに連れていかれたって聞いて心配していたんだよ」

「しかもレオ君が偉い人への挨拶をした上に噛んだって聞いて、『レオ君が可哀想でしょ！』って大激怒していたの」

マヤさんとアヤさんがぽかーんとしている僕の所にやってきて、ギルドマスターが連れていかれた理由を教えてくれた。

挨拶の時に何となく感じた、ギルドマスターに後で何か悪い事が起きそうだという予感がばっちり当たっちゃった。

「あーーーーーー！」

不意に受付の奥からギルドマスターの野太い悲鳴が聞こえてきたけど、冒険者ギルドの中にいる人は一瞬受付の奥を振り返っただけで素知らぬふりをしていた。

くー。

「あっ、お腹が鳴っちゃった」

「レオ君もお腹が空いているみたいだし、昼食にしましょう」

「今日のランチはミートパスタだって」

良いタイミングで僕のお腹が鳴ったので、僕はマヤさんとアヤさんと一緒に食堂に向かいます。

午前中偉い人に囲まれた事で色々気を張っていたせいか、思った以上にお腹がぺこぺこで、ハーフサイズのパスタをぺろりと食べました。

◇　◇　◇

午後は特にやる事がないので、宿でちょっとお昼寝をしてからポーションを作る事にしました。

今日は、毒消しポーションにチャレンジします。

「作り方は普通のポーションと同じだから、この前の手順と同じ方法で作ってみよう」

一回試してポーション作りの要領が分かったので、僕は毒消し草と必要な道具を魔法袋から取り出して魔法で作った水を用意します。

毒消し草をよく洗って鍋に入れてから、水を加えて弱火で煮込んでいきます。

「あ、煮汁の色が段々と変わってきた。ちょっと紫色っぽいんだね」

薬草をポーションにした時の色とは違う煮汁の色になっていくのが面白いですね。

布の袋に入れた魔石の欠片を鍋に投入して、じっくりと煮込んでいきます。

「あっ、鑑定でも毒消しポーションって出たよ。後は、冷やして瓶に詰めれば完成だね」

薬草だと魔石の欠片を入れて八分から十分程でポーションができたけど、毒消し草の場合はもう少し煮込まないと作れないんだ。

それぞれ違いがあって面白いなと思いつつ、僕は冷めた煮汁を布で濾して瓶に詰めていきます。

「できた！　もう一回鑑定しても、やっぱり毒消しポーションって出ているね」

こうして、四本の毒消しポーションが完成しました。

使ったものをギルドの裏で洗って薬屋さんで毒消しポーションを見てもらおうと思った矢先、僕の宿の部屋を叩く音がしました。

「レオ君、部屋にいる？　ちょっと至急で治療をしてほしい人がいるの」

僕の部屋に顔を出したのは、焦った表情をしたシェリーさんでした。

僕は全ての荷物を魔法袋に入れて、シェリーさんの後を追いかけます。

「う、うぐぐ……」

「おい、しっかりしろ！」

ギルドの入り口付近には、床に横たわっている顔色の悪い男性とそれを気遣う仲間らしき人がいました。僕は、顔色の悪い男性の所に近寄ります。

「うぐぐ……」

「大丈夫ですか？」

「どうやら毒蛇に噛まれたみたいでな、急に体調が悪くなったんだ。一応、噛まれたところから毒は吸いだしてみたんだが……」

もしかしたらまだ毒に侵されているかも。

付き添いの人に許可を貰って具合の悪い男性を鑑定すると、やっぱり毒のステータスが表示されました。

「まずは回復魔法を使います」

ぴかー。

すぐに顔色の悪い男性に全力で回復魔法をかけたけど、悪い部分は全部取れなかった。再び鑑定しても、まだ毒のステータスが残っていた。

うーん、どうすればいいんだろう。

腕を組んで考えていると、さっき作った毒消しポーションの事を思い出しました。僕は、魔法袋から瓶を取り出します。

「これを飲ませてください。僕が作った毒消しポーションです」

「おう、分かった。ほら、これを飲め」

「あ、ああ……」

顔色の悪い男性は僕の回復魔法で体調が少し戻ったらしく、介抱している男性に毒消しポーションを飲ませてもらっていた。

すると、段々と男性の顔色が良くなってきました。念のためにもう一度回復魔法をかけてから鑑定すると、毒のステータスが消えていた。

「毒もなくなったみたいです。でも、今日はゆっくり休んでくださいね」

「ああ、本当に助かった。ありがとう！」

介抱していた男性が、僕の手を取って何回もお礼を言ってきました。僕も何とか助けられた事に胸を撫で下ろします。

と、ここで僕の後ろで成り行きを見守っていたシェリーさんが、ニコニコしながら僕の頭を撫でてきた。

「レオ君は毒消しポーションも作れるようになったんだね。しかも、あの男性を噛んだ蛇ってかなりの猛毒を持っているんだけど、それを打ち消しちゃうなんてレオ君の毒消しポーションの効果はすごいわね」

「初めて作った毒消しポーションなので、僕もどうなるか分からなかったです。でも、良くなって安心しました」

「初めてで、ここまでの効果がでるのね。治療にかかった費用は、後でギルドからの指名依頼として精算するわ」

僕の回復魔法だとまだ毒は治せないから、これからは毒消しポーションも常備しておこう。

いつか、毒も治せるくらい回復魔法も上達したいなあ。

翌日、教会で治療を行う日になりました。

僕は準備をして、ギルドの受付にいました。

教会関係者が、僕を迎えに来てくれる事になっています。

あっ、何だか綺麗な服を着た女性が冒険者ギルドの中に入ってきたよ。

「レオ君ですね、教会から迎えに参りました。本日はよろしくお願いします」

お互いに挨拶をしてから、僕は出迎えてくれた人と一緒に冒険者ギルドを出発します。

冒険者ギルド内にいた冒険者は、僕を出迎えてくれた人をぽけーっと見ていた。

とっても綺麗な人だから僕も気持ちは分かるよ。

「レオ君は凄腕の治癒師だと聞きました。昨日も毒蛇に噛まれた冒険者を助けたそうですね」

「僕の回復魔法では治らなかったんですけど、作ったばかりの毒消しポーションがたまたま手元にあったので何とかなりました」

「そこで毒消しポーションを使おうと冷静に考えられるのは、レオ君の歳では凄い事よ」

教会への道をてくてくと歩きながら、僕は迎えに来てくれた女の人と話します。

昨日のギルド内での治療は、既に広まっているようです。

ちなみに迎えに来てくれた人が着ている服はシスター服っていって、主に教会に勤めている女性が着るのだと教えてくれた。

しばらく話していたら、目的地の教会に到着です。

外観は思ったよりも質素ですね。道順も覚えたので、次からは一人で来れそうです。

「はい、ここが教会です」

「わあ、教会ってこんな建物なんですね。誘拐されて助け出された時は、周りを見る余裕なんてなかったもんなあ」

「あっ……」

やばい。誘拐された時の話を思わず口にしちゃった。この話は気分を悪くしちゃうよね。

僕は、慌てて両手で口を塞ぎました。

女の人の表情が、僕の発言を聞いて少し曇っちゃいました。

「でも、僕は今はもう気にしていないので。トータス副団長さんにも謝ってもらいましたし」

「そう言っていただけると。でも、過ぎた事とはいえ教会関係者がご迷惑をおかけしました」

それからお互いにペコペコし合って、僕達は教会の中に入ります。

「わあ、とっても綺麗です。それに、色々な色の光が出ていますね」

「ステンドグラスです。色をつけたガラスを使用する事で、陽の光に色がついて見えるんですよ」

教会の中は鮮やかに彩られていて、祭壇《さいだん》には神様の像が飾ってあった。

ちょうど祭壇付近にトータス副団長さんがいたので、僕は挨拶しに行きます。

「トータス副団長さん、おはようございます」

「おはよう、レオ君。今日はよろしくね。私はこれから教会内を捜索するが、気にしないでくれ」

トータス副団長さんへの挨拶も終わり、僕は早速治療の準備をします。

普通教会で治療をする場合は少しお金がかかるそうですが、しばらくは無料にするそうです。

あの司祭が高額での治療費を取っていたのもあり、お詫びの意味もあるのだとか。今後お金を取るにしても、もちろん正規の金額に戻すと言っていた。

ちなみに、何人かのシスターさんが僕の治療を手伝ってくれるそうです。

「おお、教会が治療を再開したと思ったら、レオ君が治療をしているのかい」

「はい。でも、教会の新しい人がもう少しで来るので、それまでの間ですけど」

「そうかい。まあ、レオ君レベルの治癒師はいないから、今の内にレオ君の治療を受けられるのはありがたいね」

早速、商店組合で治療をした事のあるおばあさんが教会にやってきた。

場所は違っても僕のやる事は変わらないので、訪れた人をどんどん治療していきます。

「レオ君は、凄く手際が良いですね。患者一人にかける時間がとても短いです」

「それに治療も的確で、私が今まで見てきたどの治癒師よりも凄いです」

人の列がちょっと一段落したところで、シスターさんとお話ししました。

僕は他の治癒師と会った事がないからよく分からないなあ。

そんな事を思っていたら、トータス副団長さんが僕の所にやってきた。

「実際に、レオ君の治療は王都にある教会の治癒師並みかそれ以上だと思うよ。何よりも、どんな人にも笑顔で治療するところが良いね」

「あっ、それは私も思いました。それに、レオ君が治療すると患者もニコリとするんですよね」

「魔法が使えるからと威張るような事もないですしね」

教会の人から高評価を受けて、僕は何だかこそばゆかった。

あっ、トータス副団長さんに会ったら、聞きたい事があったんだ。

「トータス副団長さん、僕が誘拐された時に、僕や助けに来た人が教会の倉庫を壊してしまったんですけど、どうすれば良いですか？」

「倉庫の事まで心配するなんてレオ君はとっても優しい子だね。でも大丈夫。あの司祭が溜め込んでいた資産があるから、そこから修理費を出すよ」

良かった、倉庫を壊した事がずっと引っかかっていたんだよね。今は仮復旧しているらしいけど、どうせなら綺麗にした方が良いよね。

気になる事も聞けたところで、治療に戻ります。

「流石は、小さな魔法使いと呼ばれるだけの事はあるね。これだけの人の治療を行うとは」

夕方になり、僕は治療を終えたのでトータス副団長さんに報告しに行きます。

トータス副団長さんは僕が治療した人数に驚いているけど、僕からすればいつも通りの人数を治療しただけかなと思っています。

それに、重症者がほとんどいなくて、魔力をあまり使いませんでした。

トータス副団長からの依頼で、教会の新しい人がセルカークの街に来るまで三日置きに教会で治療する事に決定しました。

しばらくは、薬草採取と薬屋さんのお手伝いと教会での治療が主な予定になりそうですね。

軍がセルカークの街に来た効果は、冒険者ギルドにも現れていた。というのも、守備隊が本来の治安維持活動に専念できるようになり、不審者の取り締まりに注力できるからです。

捜査の結果、やはり代官や司祭と通じていた冒険者がギルドにいて、新人冒険者にある事ない事を吹き込んでいると判明した。

「元凶の冒険者は、トランという奴だ。昔から胡散臭い奴で、今思えば代官と司祭と繋がっていても不思議ではなかった。既に奴の冒険者ライセンスは停止している。正直なところ、冒険者の腕もかなり微妙だ」

僕達は守備隊の事務所にある会議室に集まって、ギルドマスターの説明を聞いています。

マイスター師団長さんとトータス副団長さんとブラッド隊長さんが真剣な顔をしています。

もちろん、僕も自分の事なので一生懸命に話を聞きました。

「冒険者ギルドが新人教育に力を入れ始めたのと治安が改善したのもあり、新人冒険者がレオにちょっかいを出す事はなくなった。だが、肝心のトランを押さえないと問題は解決しないだろう」

「おそらく、このセルカークの街にいる、代官と司祭の最後の関係者だ。街を出たという記録はないから、奴はまだ街中にいるだろう」

ギルドマスターとブラッド隊長さんの話からすると、そのトランという元冒険者はセルカークの街の中にいるらしい。

一体、どこに潜んでいるんだろうか。

「奴は新人冒険者にしつこくレオの事を狙うように仕向けていたから、間違いなく今後もレオに手を出してくるだろう。なんせ、レオがこの街に来たのが、代官と司祭が捕まる原因だと思われているからな」

うーん、僕がこの街に来たのは偶然だし、魔法を使えるって知ったのも偶然なんだけどなあ。

これって、思いっきりトランの逆恨みです。

代官と司祭が捕まったから、自分の旨みがなくなっちゃったんだ。

「奴は小心者で慎重だから、万全な状態のレオは狙わないだろう。おそらく、仕掛けてくるならレオが教会で治療して魔力を消費した後だ。魔法さえ使えれば、レオは大人が複数いても簡単に無効化できるからな」

「では、当面はレオに護衛をつけて様子を見よう。そして、教会の治療の時にはあえて女性隊員をつければ奴も油断して動くだろう」

ギルドマスターとブラッド隊長さんの提案に、皆が頷きます。

後程、僕の護衛役の隊員の選抜を行うそうです。

「代官と司祭が絡む件だ。我々も協力しよう」

「そいつは、代官と司祭の連絡役になっている可能性もある。必ず捕まえないとならない」

マイスター師団長さんとトータス副団長さんも協力してくれると言ってくれたし、これは心強いです。という事で、早速試しにスキンヘッドの人と一緒に街を歩いてみる事になりました。これで皆の意見が正しいか判断するようです。

ざっざっざっ。

「確かに、誰かの視線を感じるな。陰からこっそりとこちらの様子を窺ってやがる」

「僕が教会で治療した日は軍が到着したばかりだから、もしかしたら様子見していたのかもしれませんね」

「その線で間違いないな。それに、その日はシスターがレオの付き添いをしていたし、手を出すのが得策だと思わなかったかもしれない」

僕の探索魔法でも誰かが側にいるのを検知したので、監視されているのは間違いなかった。でもそうと分かれば、いくらでも対応する方法がありそうです。

僕達は、再び守備隊の施設に戻ります。

「その程度の尾行スキルなら、逆尾行を仕掛けて奴らの人数とアジトを突き止められるな。明日からすぐにやろう」

ブラッド隊長さんの方針も固まったので、早速明日から行動開始です。四日後の夕方には、アジトも突き止め終えて決戦の予定だと言っていた。

僕もこれまで散々意地悪されたから、ちょっと頭にきています。

貴重な証人なのでやりすぎないよう気を付けるけど、多少お仕置きしようと心の中で思った。

決戦までの間の三日間、僕は守備隊の人の護衛を受けながらいつも通り冒険者活動をしました。

そして逆尾行の結果、トランのアジトを見つける事ができたそうです。さらに組織の大体の人数も把握できたようで、守備隊と軍と聖騎士団の人員の選抜が始まりました。

◇　◇　◇

決戦当日、僕の護衛にはこの人がついていた。

「レオ君を守るのは、私の使命だと思うんだよね。安心して任せてね」

「ぐぬぬ……私はなぜグーを出したんだ」

「納得できない。私が負けたなんて」

隣にいたのは、超ニコニコ顔でとてもご機嫌なセレンお姉さんです。

壮絶なじゃんけん大会が繰り広げられたみたいで、ナナリーお姉さんとカエラお姉さんが涙を流しながら地面を叩いていた。他の女性隊員も同じようにかなり悔しがっています。

この人数から勝ち取るなんて、セレンお姉さんの強運は物凄いなあ。

何はともあれ、教会に向けて出発です。

てくてくてく。

「セレンお姉さん、早速尾行がついていますね」

「本当に下手糞な尾行ね。もう少し気配を消さないと駄目だわ」

教会に向かう道中、もう慣れっこになった尾行の気配を感じた。

セレンお姉さんの推測では、尾行している者はただ単に僕達の様子を探っているだけみたいとの事。ばれないように尾行するのは、いっぱい訓練をしないと駄目なんだって。

そんな話をしつつ、僕達は教会に向かいます。

「レオ君、お待ちしておりました。首尾はどうですか」

「おはようございます、トータス副団長さん。ばっちりついてきました」

「上々ですね。こちらも監視を続けましょう」

教会にいたトータス副団長さんも、尾行がついていると聞いてニンマリとしていた。教会の人も庭先で仕事をしつつ、周囲の状況を確認しているみたいです。

僕は普通に治療の準備を進めます。

もう教会での治療にも慣れたので、さくっと準備できるようになりました。

「おお、レオ君の準備もできたみたいじゃな」

早速おじいさんが僕に声をかけてきたので、治療を開始します。

今日は、どんな人が来るか周りに注意しよう。

「ふう、具合はどうですか？」

「腰が楽になったよ。ありがとうね」

午前中は何事もなく進み、午後も治療を進めます。

今日は腰や足の痛みを訴える年配の人が多く、簡易ベッドに寝てもらいながらの治療もしていった。

「本当にレオ君は魔法の制御が上手くなったね。もう、私なんか足元に及ばないわ」

「でも、毎日行っている魔法の訓練はセレンお姉さんから教えてもらった事です。そういう意味では、僕の魔法の先生はセレンお姉さんで間違いないですよ」

「ははは、レオ君も中々言うね。優秀な弟子を持って、先生も鼻が高いよ」

セレンお姉さんがおどけた調子で言ってくるけど、これは僕の本心です。

僕にとって魔法の先生は、セレンお姉さん以外いない。魔法使いは横柄な人が多いって前に聞いたし、セレンお姉さんじゃなければ上手くいかなかったかもしれないよ。

と、そう思っていたら、ふと気になった事が。

教会の入り口に寄りかかっている怪しい男が、僕の事をじーっと見ていた。

もちろんセレンお姉さんも怪しい男に気が付いていて、さり気なく僕に話しかけてきた。

「あえて、治療で疲れたって言ってみるのも手だね」

「そうですね。その手を使ってみましょうか?」

すると、ナイスタイミングで教会のシスターさんが僕に話しかけてきた。

「レオ君、朝からぶっ続けで治療をしておりますよね。少し休んでくださいませ。甘いものをお持ちします」

「うむ、そうじゃな。レオ君はまだ小さな子どもじゃ、無理をしてはならぬ」

「今日一日で何人治療した事か。レオ君を頼っておる儂達も、負担になってしまっておるのだがのう」

並んでいる人も声をかけてくれたので、トイレ休憩も含めて少し休む事にした。

すると、壁に寄りかかっていた怪しい男が、すっと外に出ていく。

「ふー、ちょっと集中しすぎちゃったかな？」

「あまり力を入れすぎると、後で疲れが来るぞ」

トイレにいると、トータス副団長さんが入ってきた。

どうやら僕に用事があるみたいです。

「奴らはもう少し隠れるという事をしないのか、全く不思議でならん。これで襲撃を仕掛けるなんて見上げた根性だな」

「あはは、まあそうですね。丸分かりでしたね」

「怪しい奴もばっちりと尾行させている。治療終わりまでは何もないと思うが、気を付けてな」

トータス副団長は、ニカッとしながらトイレを出ていった。

休憩のお陰で疲れもとれたし、治療もこの後の事も頑張ろう。

「ふう、今日はここまでですね」

「本当に、色々とありがとうございました。お陰で、本日も多くの人を助ける事ができました」

夕方になり、本日の治療を終えてセレンお姉さんと一緒に後片付けをします。

僕にお礼を言ってきたシスターさんに、なぜかセレンお姉さんがドヤ顔をしていた。

ここで、トータス副団長さんが僕達に近づいてきた。そして僕とセレンお姉さんにこっそりと耳打ちをします。

「レオ君、奴は商店の路地で挟み撃ちにしようとしてる。まあ、動きはこちらで全て押さえているがね」

僕とセレンお姉さんは、言葉を発さずにこくりとだけ頷きます。

改めて気を引き締めて、僕とセレンお姉さんは教会を出発しました。

だっ。

「あ、誰かがどこかに走っていきましたね」

「どうせ私達が教会を出た事を奴に伝えるためでしょうね」

セレンお姉さんはつまらなそうに、誰かが走っていった方向を見ていました。

うーん、これはこの後の衝突は必至です。

そんな事を思いながら、僕はセレンお姉さんと一緒に歩きます。

そして、僕達が商店が並ぶ所に差し掛かった時でした。

「セレンお姉さん、この先の路地に誰かが隠れています」

「そいつらが、私達を挟み撃ちにする連中だね。万が一の事も考えて警戒しておこうね」

セレンお姉さんの言葉に頷き、僕は予め魔力を溜めておきます。

セレンお姉さんも、魔力を溜め始めているみたいです。

ざっ。

不意に路地から背が小さい小太りの男性が、護衛っぽい二人の男を引きつれて現れました。

うーん、体型が代官と同じだ。悪さをした人は太っている人が多いんだね。

こっそりと鑑定したけど、間違いなくこの人がトラン本人だ。

「お前がレオだな」

「えっ、違いますよ。僕はレオじゃないですよ」

「はっ？　何だと!?」

トランの質問にあえて違うと言ったら、めちゃくちゃ慌て始めた。

ギルドマスターが言っていた小心者って評価は、まさにその通りだったんだね。

「ふふふ。嘘です。僕がレオですよ、トランさん」

「ぐっ、貴様！　大人を馬鹿にするつもりか！」

「ぶっ、くくく、お腹痛い、ぷぷぷ」

改めて自己紹介をしたら、今度はトランが顔を真っ赤にして声を荒らげていた。

トランのあまりに滑稽《こっけい》な姿に、セレンお姉さんは大爆笑です。僕も思わずぷっと噴き出しちゃいました。

「それはさておきトランさん、僕への逆恨みはやめてください」

「うるさい！　貴様がいなければ、俺は冒険者の影の実力者でいたんだ！　魔法使いか何だか知らんが、お前はここで死んでもらうぞ」

「トランが影の実力者？　それ、守備隊でも初めて聞いたわ」

「黙れ！　俺は偉いんだ、小娘は黙っていろ！　小娘も一緒に葬《ほうむ》ってやる！」

うん、何だかとってもグダグダになっているよ。トランは、自分の感情をコントロールできないんだ。セレンお姉さんが煽ったら、すぐにトランが怒りの矛先をお姉さんに向けた。

「ここで、セレンお姉さんに色々と言っても仕方ない気がしますよ。それに、これだけ堂々と僕の事を殺すと言えば、街の人もすぐに動きますよ」

「ふん、俺を舐めるな。たかが街の人間如きに、俺を通報できるわけがない」

「くくく、ぷぷぷ」

おお、凄い凄い。

思わずトランの根拠のない自信を褒めたくなった。トランは知らないが、既に何人かの人が守備隊に向かっていっているし、この時点で街の人がトランを恐れているとは思えない。

というか、トランの一人芝居が酷すぎて、このままだとセレンお姉さんが笑い死にしてしまう。

お芝居は、もうこのくらいで良いかな？

「くそ、もう怒ったぞ。お前ら出てこい！　ガキと小娘を殺せ！」

しーん。

トランが大声で叫びますが、路地からは誰も出てきません。

「おい、どうした？　誰か出てこい！　おーい！」

しーん。

「ぷ、ふふふ」

「も、もう駄目。お腹痛い、はははははは」

トランが辺りを見回しながら大声を張り上げるけど、一向に誰も姿を現しません。

護衛についている二人の男もこの展開が読めなかったのか、トランと同じく周りを見回しながらかなり焦っていた。

そんな目の前のコントみたいな状況に、僕とセレンお姉さんは笑いが止まりません。

ざっざっ。

不意に路地から足音がして、トランは顔を汗だくにしながら振り向いた。

「だ、誰だ！」

「誰だとは失礼な、俺の顔を忘れてしまったか？」

路地から姿を現したのは、拘束した男を引きずってきたギルドマスターだった。ギルドマスターもトランの様子を見て笑っていたのか、かなり微妙な表情になっていた。

そして、路地から次々と守備隊員や軍、聖騎士が現れて、トランが逃げられないように周りを囲んでいきます。

「レオ君、あの二人も倒しちゃおう」

「はい！」

ズドーン、ズドーン。

僕とセレンお姉さんは、準備していた魔力を放ちました。

「「ぐああ」」

「なっ！」

トラン達が混乱している内に、僕とセレンお姉さんは風魔法でトランの護衛を吹き飛ばします。

そして護衛が気絶したまま、あっさりと守備隊員に拘束されます。

残りは、目を見開いて驚愕しているトラン一人です。

「これは一体どうなっているんだ！」

「どうなってるも何も、お前の作戦がバレバレだったから罠をしかけたんだ。尾行の尾行をしてレオを襲うタイミングも全部把握していたし、仲間をどれくらい集めていたのかも全部筒抜けだ」

「ぐっ」

ギルドマスターから企みを全てバラされたトランは悔しそうに歯ぎしりをしているけど、僕達もここまで完璧に上手くいくとは思わなかった。

「しかし、お前が雇った奴は本当に弱かったなあ。全然俺達の相手にならなかったぞ。ついでに言っておくが、アジトの場所も既に分かっている。今頃は守備隊員が制圧しているはずだな」

「ぐ、ぐぐぐぐ……」

もうこれで、トランに打つ手は全くなくなったはずだ。

大人しく投降するかなと思ったけど、そこでトランが豹変した。

「こうなったら、ガキを道連れにしてやる！」

トランは懐から刃物を抜いて僕に襲い掛かってきた。でも、僕だってこのくらいは想定済みです。

シュイン、バリバリバリ。

僕は刃物を持っているトランの腕目がけて軽い電撃魔法を放った。気絶させる程威力は高くないけど、効果は抜群です。

「がああ、腕が！」

トランは刃物を落として、痺れている腕を押さえた。

そこに、さらなる追撃が。

「トラン、覚悟しろ！　よりによってレオ君を殺そうとするなんて！」

ブオン、ドス！

「ぐふぅ……」

ばたん。

風魔法を腕に纏ったセレンお姉さんの強烈なボディーブローが、トランのお腹に綺麗に命中した。

トランは体が「くの字」に折れ曲がって、そのままうつ伏せに倒れた。

白目を剥いてぴくぴくとしていたけどそのまま拘束されて、他の襲撃者と共に荷車に乗せられて運ばれていきます。

「よーし、これで終わったな。撤収するか」

個人的にはトランの事より、セレンお姉さんが使った魔法の応用を見れて、とっても満足です。

「そうですね。あーあ、ちょっと疲れたな」

ブラッド隊長さんの号令で、僕達は引き上げていきます。セレンお姉さんがぐーっと背伸びをしているけど、僕もやっと精神的な疲れから解放された気分です。

上手くいけば、これで代官と司祭の暴走による一連の事件も終了です。

「捜査はもう少し続くが、教会の引き継ぎが終わればレオも自由になるだろう。これからは、自分の目標を見つけて行動していかないとな」

「僕の目標……」

ギルドマスターが僕に話した事が、妙に心に引っ掛かった。

それは、僕の今後にも大きく繋がる話かもしれません。

「レオ君、今日はナナリーやカエラ達とも一緒に夕食を食べよう」

「はい！」

でも、今はこの時間をもっと楽しみたいと思った。

教会の担当者がこの街にやってくるのも、もうすぐですね。

◇　◇　◇

トランが捕縛された次の日、代官や司祭などの主犯が王都に向けて移送されていきました。その仲間達も強制労働の刑が確定したようで、順次移送されるとの事です。

というのも、トラン一味が捕縛された事で、守備隊の拠点にある牢屋がいっぱいになってしまって入りきらなくなったためです。

「代官も司祭も、一気に老けたな。表情が死んでいたぞ」

「仕方ないだろう。すがろうとした王都の貴族は既にこの世にいないし、自分達も死刑が確定しているんだから」

僕はギルドマスターとブラッド隊長さんと共に王都に行く一団を見送ったが、確かにギルドマスターの言う通り代官と司祭は白髪も生えていておじいちゃんみたいになっていたよ。

ちなみにマイスター師団長さんとトータス副団長さんは、まだ仕事が残っているのでセルカークの街に残るそうです。

「おっ、見えてきたぞ」

そして代官と司祭が王都に向かって数日後、教会の代わりの人が到着しました。

今回の事件で半数以上の教会の関係者が捕まったので、これからも時期を見計らって教会の関係者がセルカークの街にやってくるそうです。

僕は、午後から教会に行って新しい人に挨拶をする事になっていた。

午前中は教会からの一団を見ようと、防壁の門の近くで薬草採取をしていた。

護衛は聖騎士団の人みたいだけど、思ったよりもシスターさんが多い印象です。馬車の中に新しい司祭さんが乗っているらしく、馬車の窓から街の人に向けて手を振っていた。

ちらっと見えた新しい司祭さんは、結構なおじいさんだった気がするよ。


「あの司祭は、教会内ではかなり有名な人らしいぞ。高齢なので引退する予定だったらしいが、今回の事件で心を痛めて、いの一番にセルカークの街に行くと宣言したらしいな」

午前中の薬草採取を終えて、昼食の時間です。

一緒にいたギルドマスターが教会内の事情を教えてくれた。確かに顔を見た限り、司祭さんからは全く嫌な感じはしなかった。一目で良い人だと分かります。

どんな人か気になるので、昼食を食べたらすぐに教会に向かう事にしました。

「あら、レオ君こんにちは」

「すみません、予定よりも早く来ちゃいました」

「全然良いのよ。教会内で待っていてね」

教会の庭にいた、いつも付き添ってくれるシスターさんが僕をそのまま教会内に案内してくれた。

教会内では皆が新しく来た人を案内していた。

皆バタバタとして忙しそうだなと思っていたら、緊急事態が発生した。

「どなたか、どなたかいますか？　息子が急に倒れました！」

悲痛な叫び声を上げながら、母親がぐったりとした男の子を抱いて教会に入ってきた。

母親に抱かれている男の子をよく見ると、顔が真っ青で口から泡を噴いていた。

僕は、すぐに母親と男の子の所に駆け寄ります。

「お母さん、症状を診るために鑑定しても良いですか？」

「レオ君！　ええ、お願いできるかしら？」

僕は母親の許可を得て、早速男の子を鑑定します。ステータスには、バッチリと毒の表示があった。僕は魔法袋の中をゴソゴソして、毒消しポーションを取り出します。

「お母さん、まずはこの毒消しポーションを飲ませてください」

「分かったわ」

僕は男の子に回復魔法をかけながら、母親が毒消しポーションを飲ませるのを確認します。

男の子が何とか毒消しポーションを飲んでくれて、僕の回復魔法も効いてきた。再度男の子を鑑定します。

よし、これで治ったみたいだ。

「毒の表示がなくなったので、もう大丈夫ですよ。ゆっくり休ませてくださいね。もしかしたら、何かの毒物を間違って食べちゃったのかもしれません」

「ああ、息子の顔色が良くなってきたわ。レオ君、本当にありがとう」

母親が涙ながらに感謝します。

僕は男の子を休ませてあげた方が良いと思って早くお家に帰るようにと言いました。治療が上手くいって本当によかった。

前に毒蛇に噛まれた人と症状が似ていたから、もしかしてって思ったんだ。

パチパチパチ。

急に僕の背後から、拍手する音が複数聞こえてきた。

振り返ると、司祭さんとシスターさんが、僕に向けて拍手をしていた。中には、拍手しながら涙を拭いている人もいる。

えっと、何が起きたんだろうか？

「いやあ、流石はレオ君だ。的確かつ素早い治療だね」

ここで、トータス副団長さんが僕に声をかけてきた。

あっ、治療の事を謝らないと。

「副団長さん、ごめんなさい。依頼がない日に勝手に治療しちゃって」

「はは、そんな事を気にしていたのか。レオ君は日頃から教会で依頼を受けて治療もしているし、それに今回は緊急事態だ。何も問題はないよ」

良かった。勝手な事をして、怒られるかなと思ったんだ。

僕が安心していると、司祭さんが僕の所にやってきた。

「正に、無償の愛を体現している素晴らしい行為じゃ。それを、こんなにも幼い子どもが行ったのだ。儂はこの素晴らしい行為を見ただけでも、このセルカーク直轄領に赴いた価値があると感じておる」

「わわわ！」

あの、司祭さんが僕の手を取って涙が止まらない状態になっていた。僕は思わず困惑してしまった。しかも他のシスターも周りに集まってきて、同じく目尻を拭っていた。

えっと、僕はどうすれば良いのでしょうか。

「司祭様、レオ君が戸惑っております。一度落ち着いた状態で話された方が良いですよ」

「おお、儂とした事が、年甲斐もなく興奮してしまった。レオ君すまんのう」

トータス副団長さんが司祭さんを落ち着かせてくれたので、とっても助かりました。

このまま教会内で司祭さんと話をする事になりました。

「改めて、この度セルカーク直轄領に赴任した司祭のシルバじゃ」

「シルバ司祭さん、僕はレオです。よろしくお願いします」

「幼いのにしっかりとした挨拶で、とても感心じゃ」

シルバ司祭さんに挨拶をすると、僕の頭をニコニコしながら撫でてきた。

「それから、此度は教会関係者がレオ君にとんでもない事をした。こんな幼い子を誘拐して暴行するなんて、いくらお詫びしてもし足りないくらいだ」

「シルバ司祭さん、頭を上げてください。僕はもう大丈夫ですから」

あの誘拐事件の事で、シルバ司祭さんが僕に頭を下げます。

でも既に決着した話だし、僕は気にしていません。

シルバ司祭さんにそう伝えて、話を再開します。

「正直に言うと、先程のレオ君の治療を見ているととても高度な事をしていた。儂らは魔法使いではないのでレオ君のような事はできないが、ポーションや生薬を組み合わせた治療は可能だ。そこで、レオ君にはこの街でどんな症状が多いかを教えてほしいのじゃ」

今いる教会の人々は、魔法を使える人はいても回復魔法は使えないという。

でも、長年の知識を駆使して、薬を用いた治療ができるんだって。僕としては、魔法よりも生薬を使える知識の方が凄いと思う。

今度の教会の治療の時に、僕の知っている情報を伝える事になった。

「もう少ししたら、レオ君も普通の冒険者生活に戻れるだろう。まあ、レオ君は保護されて間もないと聞くし、まだ幼いからできる仕事は限られるだろうな」

「まだ体が小さいので、今は薬草採取と魔法を使った治療とポーション作りしかできません」

「ほほほ、こればかりはしょうがない。だが、その年で三つも仕事ができるのは素晴らしい事じゃ。それに、その三つの仕事はどこに行っても需要がある。レオ君なら、きっとこの先も大丈夫じゃ」

おお、流石は司祭さんです。

僕はまだ三つしか仕事ができないと思っていたけど、三つも仕事ができると前向きに捉えるのはとっても素敵です。それにお金は大分貯まってきて、前よりできる事は増えているかもしれません。

「レオ君の人生は始まったばかりじゃ。これからの人生をどう生きるのも自分の自由で自分の責任になる。色々あると思うが、頑張るのじゃよ」

僕の人生、か。

今まで自分の事で精いっぱいだったから、あんまり考えた事はなかったなあ。

こうして、シルバ司祭さんとの面会も無事に終わりました。

流石は経験豊富な司祭さんだけあって、とっても良い話が聞けたよ。

そして、僕の運命を動かす日がやってきます。

それは、薬草採取が終わって冒険者ギルドに戻ってきた時の事でした。

「あ、そうだ。ギルドマスターが、レオ君が帰ってきたら連れてきてくれって言っていたんだっけ。個室に案内するからちょっと待っていてね」

受付で手続きをしていたら、シェリーさんが僕に話しかけてきた。

何だろうなと思って、手続きを終えて冒険者ギルドの個室で待ちます。

「よう、待たせたな」

しばらくしたら、ギルドマスターが入ってきた。しかもその後ろからブラッド隊長さん、マイスター師団長さん、トータス副団長さんもやってきます。

これだけの人達が集まるなんて、一体何の話だろう？

そんな事を思っていたら、早速ブラッド隊長さんが僕に話し始めた。

「レオは頭が良いし理解も早いから、単刀直入に言うぞ。代官と司祭の件がほぼ片付いたから、これからもう一つの事件である人身売買の調査を始める事になった」

「あっ、それって」

「そう、レオの両親にも関わってくる。この一件は意外と大きな事件になりそうでね、教会関係者も関与している事が判明したので、聖騎士団も調査に協力する事になった」

ブラッド隊長さんから両親の言葉が出た瞬間、僕の心臓の鼓動が速くなり始めて、思わずごくりと息を呑んでしまった。

「レオに話を聞く事は全くない。レオを連れていた商人と護衛は盗賊に殺害されたが、荷物は無事で、そこでかなり重要な証拠を押さえられたからな。既に、別口で商人の所属している商店の捜査も行っている。これから一気に人身売買に関与した人物の捕縛を進める予定だ」

「それは、両親も捕縛する、という事ですか？」

「ああ、まさに事件を知った発端だからな。それに、レオの村はどの都市からも離れているとはいえ、取り調べができる一番近い場所は、このセルカーク直轄領だ。だから、この街に連れてくる事になる。もちろん、レオに接触させる事はないがな」

「この、街に、両親、が……」

僕は、頭の中がぐるぐるしてしまった。散々僕を虐めた両親がこの街に来るという話を聞いただけで、鼓動がさらに速くなった。ブラッド隊長さんが両親は僕に会わせないと言っているけど、それでも万が一遭遇したらと考えずにはいられません。

「レオ、お茶を飲め。色々考えすぎて、顔色が悪いぞ」

そんな僕の様子の変化に気が付いたギルドマスターが、声をかけてくれました。他の人も僕の様子を気づかってくれて、僕が紅茶を飲んで落ち着くまで話すのを待ってくれました。

お陰で、一息つきます。

「すみません、ありがとうございます。もう大丈夫です」

「分かった。でも、無理はするなよ」

僕の言葉にブラッド隊長さんが頷き、話は再開した。

「とは言っても、大まかな話はそれくらいなんだ。そして、ここからが大事な話なんだが、レオの今後についてだ。レオはこの街に残るべきなのか、と我々は考えた。しかし、さっきのレオの反応を見るに、この街に残るのは難しいのではないかと確信した」

ブラッド隊長さんの話を、素直に受け入れている僕がいました。

前に両親の事は吹っ切れたと話していたけど、いざこうやって話を聞くと全く吹っ切れていない事を自覚してしまいました。

それだけ、両親から受けた様々な仕打ちが僕の心と体に深く残っている証拠でした。

すると、トータス副団長さんが僕に話しかけてきた。

「レオ君、君はまだ幼い。君の心と体が、事件を受け入れるだけの成長をしていないんだよ。教会に関わる聖騎士団に所属していたから、私は無理をして心身を壊してしまった人を見てきた。私は、才能あるレオ君に潰れてほしくないと思っている」

「そうだな。大人になると辛い事から逃げないのも大事だが、レオ君のような子どもの場合は辛かったら逃げるのも一つの手だ。事件は我々大人が責任持って対応する」

マイスター師団長も、トータス副団長の話に同意していた。

逃げる事は恥ではないという言葉に、僕は背中を押されました。

「でも、どこが良いかで悩んでいてな。レオならいきなり王都に行っても問題なく冒険者としてやれるそうだ。だが、ただでさえ代官と司祭の件でごたごたしている上、人身売買の件でこれからさらに大騒ぎになりそうだもんな」

ギルドマスターが腕を組んで唸っているけど、僕は周囲の街の事はさっぱり分からないもんなあ。

と、ここでブラッド隊長さんがある提案をした。

「セルカーク直轄領に近くて治安も良い場所だと、アマード子爵領ですかね。鉱山もあるので、治療できる人材は歓迎されるでしょう。荒くれ者が多いのが欠点ですが」

「荒くれ者、ですか？」

「簡単にいうとギルドマスターみたいな人が多いって事です。でも、アマード子爵領にいる人は、ちょっと気性は荒いけど仕事はキチンとするし、レオ君みたいな人なら可愛がってもらえると思いますよ」

「おい、誰が荒くれ者だ！」

ギルドマスターがブラッド隊長さんに反論します。

話を聞いて、僕にも大体どういう所かは分かった。僕が今まで治療した冒険者も、ギルドマスターみたいな人が多かったから全然大丈夫です。

こうして、僕の今後が決まりました。

アマード子爵領という新しい目的地への出発が決まっても、すぐに移動するわけではありません。旅の支度もあるし、今までお世話になった人への挨拶もあります。

アマード子爵領へは一週間後に出発する事にして、依頼を受けつつお礼を言いにあちこちを回ります。

「そっか、話はちらっと聞いていたけど寂しくなるね。でも、レオ君は小さいのにしっかりとしているからきっとどこに行っても大丈夫だね」

「なんていったって、小さな魔法使いの二つ名を持っているもんね。またいずれこの街に遊びに来てね」

まず薬草採取の時に一緒になったマヤさんとアヤさんに、今後の事と今までのお礼を言いました。

冒険者になって初めて治療した人だし、僕のために親身になって色々教えてくれたからね。マヤさんとアヤさんに出会わなければ、冒険者活動は上手くいかなかったかもしれない。

「そうかい、寂しくなるね。なんたって、レオ君は街を救ってくれた恩人なんだからね。街の人も皆、レオ君に感謝していたよ。きっと、この街はこれから良くなるってね」

「でも、俺はレオの決心を尊重するし、その漢気は買うぞ。アマード子爵領には知り合いの薬屋がいるから、手紙を書いてやる」

　薬屋さんの奥さんと旦那さんにも、挨拶に行きました。

　ポーションの作り方とかを教えてもらったのは、僕の中ではとても大きな事です。今度街に戻ってきた時には、生薬の作り方とかも教えてほしいです。

「正直なところ、俺達は自分達の目的のために、レオの治癒師としての力を使ったんだ。レオを危険に晒した事にもなるし、逆に俺達が謝らないとならねえ」

「そうだな。代官と司祭を追放するためとはいえ、俺達が幼いレオを利用したわけだ。組合長、レオの旅に必要なものはまけてやってくれ」

「当たり前だ。そのくらいしなければ、レオに顔向けできねえ。そして、レオに誇れるような街を作らないとならないな」

　組合長さんとドンバスさんは、誘拐された件で負い目を感じていたようで僕に謝ってくれました。でも、僕が街の人に元気になってもらいたいと思って治療したんだし、問題ないと思います。

　パン屋さんからは、いっぱいパンをいただいちゃいました。

　新しい寝袋とかも安くしてもらったし、僕もかなりありがたかったです。

「俺はレオに膝を治療してもらって、希望が持てたんだ。俺こそレオに感謝しないとならない。それに正直なところ、レオにとってこの街は小さいと思っていた。冒険者というのは経験を積んで大きくなっていくものだ。レオなら、きっとどこに行ってもやれるはずさ」

ガンドフさんは僕に絡んできた冒険者の件でも助けてくれたし、誘拐された時も駆けつけてくれた。いわば命の恩人です。

いつかガンドフさんの膝を完治できるように、僕も一生懸命に魔法の訓練をしないと。

「短い間だったが、レオ君に会えて良かったぞ。儂は、セルカークの街は医療が崩壊して大変な事になっていると思っておった。だが、この街では幼いレオ君が一生懸命に治療して、皆を助け、結果的にこの街全体を救っておったんだな。これは、まさに奇跡的な事だと思っておるぞ。まだ幼いのだから、体に気を付けるのだぞ」

シルバ司祭さんは知識が豊富なだけあって、色々な事を教えてもらいました。特に体が小さくて治療しかできないと思っていた僕を、治療ができると勇気づけて前向きに考えられるようになったのはとっても良かったです。

シルバ司祭さんが元気な間にまた会って、お話をしたいです。

そして、一番感謝を伝えないとならない人に会いに行きました。

「隊長から話を聞いたよ。心の問題になると、本当にどうしようもないからね。しかし、初めて会った時からまだ二カ月くらいしか経っていないのに、今や立派な冒険者だね」

僕の事を保護して魔法まで教えてくれたセレンお姉さんに、今までの感謝を伝えに行きました。

「レオ君が変えてくれたこの街を、今度は私達が守っていくね」

「だから、安心してね。それから、いつでも帰ってきて良いからね」

もちろん、ナナリーお姉さんとカエラお姉さんも同席してくれました。僕がお姉さんって言っているのは、この三人だけです。保護してくれて僕のお世話をしてくれたセレンお姉さん、ナナリーお姉さん、カエラお姉さんは、僕にとってとても大切な人なんです。

「レオ君が落ち着いたら、いつでもこのセルカークの街に戻ってきてね。レオ君も、体に気を付けてね」

セレンお姉さんが僕の事をギュッと抱きしめてくれて、さらにナナリーお姉さんとカエラお姉さんも僕の事を抱きしめてくれました。

セレンお姉さん達守備隊の人に出会わなければ、僕は間違いなく街道で死んでいました。

感謝してもしきれない、僕の命の恩人です。

セルカークの街にいたのはたった二カ月だけど、僕は本当に多くの人に助けられたんだなと実感しました。

◇◇◇

そして、いよいよセルカーク直轄領を出発する日になりました。

ずっと借りていた宿の部屋を片付けて、生活魔法で綺麗にします。荷物を全部魔法袋に入れてリュックを背負ったら、旅立ちの準備は完璧です。

部屋の鍵を閉めて、鍵を宿のカウンターにいたおかみさんに返します。

「今までありがとうございます」

「はいよ、また泊まりに来な」

宿のおかみさんが、ニコリとしながら僕の頭を撫でてきました。この宿にも、いっぱいお世話になったなあ。

僕は宿を後にして、冒険者ギルドの受付に向かいます。もちろん並ぶのは、シェリーさんのいる受付です。

「シェリーさん、色々な事を教えてくれてありがとうございました」

「こちらこそ、レオ君にはたくさん助けてもらったわ。アマード子爵領に行っても頑張ってね」

シェリーさんも、僕の頭を撫でながら手続きをしてくれた。

任意なんだけど、冒険者が別の街に移動する時は、冒険者ギルドの受付で手続きをした方が良いそうです。僕は初めて別の街に移動するので、こういうのはキチンとした方が良いと思いました。

手続きをしていると、ギルドマスターも受付にやってきました。

「レオ、アマード子爵領のギルドマスター宛に手紙を書いた。向こうに着いたら、冒険者ギルドの受付でこいつを渡してくれ」

「ありがとうございます。ギルドマスターにも、色々とお世話になりました」

「世話になったのはこっちの方だ。それに事件の時は悪かったな。また、この街に遊びに来いよ」

ギルドマスターから受け取った手紙は、すぐに魔法袋に入れました。ギルドマスターは僕が誘拐されたタイミングで、隣にいたのに誘拐事件を防げなかったって悔やんでいたもんね。

もう、僕は大丈夫ですよ。

僕は、受付に手を振りながら冒険者ギルドを出発します。


冒険者ギルドのお隣にある守備隊の施設の前に着くと、ブラッド隊長さんや他の隊員の人もいて、僕に話しかけたり手を振ったりしてくれました。

そして僕は、守備隊の人達に宣言しました。

「今度は、水虫も治せる魔法使いになります！」

「「ぶははは！」」

「おい、それは宣言しなくていいぞ。というか、お前らも笑いすぎだ！」

スキンヘッドの人が僕に向けて大声で何か言っています。でも、僕にとってはガンドフさんの膝を治す事と一緒で、越えるべき目標です。これは絶対に譲れません。

「レオ、気を付けて行ってこい。でっかくなって帰ってくるんだぞ」

ブラッド隊長さんは、僕の頭を軽くぽんぽんとしてきました。ブラッド隊長さんにも、セルカークの街に来てからずっとお世話になりました。そもそも、僕を襲った盗賊を捕縛したのもブラッド隊長さん達だからね。

僕がどうすれば良いか色々整えてくれたし、本当に感謝しています。

僕は守備隊員に手を振りながら、馬車乗り場へ歩いていきます。

「レオ、頑張れよ！」

「また帰ってこいよ！」

商店に差し掛かると、多くの人が僕に手を振りながら声をかけてくれました。中には、道中食べてねって差し入れをくれた人もいました。

とってもありがたいですね。

「おお、来たぞ。もしかしたら、レオ君が王都に来たらまた会うかもしれないな。元気でな」

馬車乗り場には教会の人々が来ていて、トータス副団長が僕に話しかけてきました。

トータス副団長さんは事件が解決すれば王都に戻るそうなので、確かに王都で会う事もあるかもしれないね。

教会の人に手を振りながら、僕はアマード子爵領行きの馬車に乗り込みます。

うん、小さい僕が馬車に乗るのはかなり大変だね。アマード子爵領へ行く人が他にもいるので、その人に手伝ってもらって乗せてもらいました。

一人きりの旅じゃなくて良かったな。

からからから。

馬車は街を進んでいき、防壁の門に差し掛かりました。門の警備には、他の隊員と共にセレンお姉さん、ナナリーお姉さん、カエラお姉さんがついていました。

「いってきまーす」

「「「行ってらっしゃい」」」

僕は馬車から身を乗り出して、お姉さん達とハイタッチしました。そして馬車が街道を進む中、僕は門が見えなくなるまで手を振りました。

お姉さん達も僕に手を振り返してくれます。

短い間だったけど、思い出がいっぱい詰まったセルカークの街。

いつかまたこの地に戻ろうと思いながら、僕は旅を始めました。

異世界
子育てしながら冒険者します
ゆるり紀行
1~16
水無月静琉
Minazuki Shizuru
シリーズ累計
123万部
(電子含む)
突破!!
2024年7月7日~
TVアニメ
放送開始!!
(テレ東・BSテレ東ほか)
1~16巻
好評発売中!
異世界 子育てしながら冒険者します
ゆるり紀行
水無月静琉
転生したら双子を保護しました。
子連れ冒険者の異世界のんびりファンタジー!
特別賞受賞作!
子連れ冒険者の
のんびりファンタジー!
神様のミスで命を落とし、転生した茅野巧。様々なスキルを授かり異世界に送られると、そこは魔物が蠢く森の中だった。タクミはその森で双子と思しき幼い男女の子供を発見し、アレン、エレナと名づけて保護する。アレンとエレナの成長を見守りながらの、のんびり冒険者生活がスタートする!
コミックス
1~9巻
好評発売中!
異世界 子育てしながら冒険者します
ゆるり紀行
水無月静琉
みずなともみ
1
転生したら幼い双子を保護しました。
シリーズ累計
15万部!!
子連れ冒険者の異世界のんびりファンタジー、コミカライズ開幕
◉16巻 定価:1430円(10%税込)
1~15巻 各定価:1320円(10%税込)
◉Illustration:やまかわ
◉9巻 定価:770円(10%税込)
1~8巻 各定価:748円(10%税込)
◉漫画:みずなともみ

この作品に対する皆様のご意見・ご感想をお待ちしております。

おハガキ・お手紙は以下の宛先にお送りください。

【宛先】

〒150-6019 東京都渋谷区恵比寿4-20-3 恵比寿ｶﾞｰﾃﾞﾝﾌﾟﾚｲｽﾀﾜｰ 19F
（株）アルファポリス　書籍感想係

メールフォームでのご意見・ご感想は右のＱＲコードから、
あるいは以下のワードで検索をかけてください。

アルファポリス　書籍の感想　検索

ご感想はこちらから

本書はWebサイト「アルファポリス」（https://www.alphapolis.co.jp/）に投稿されたものを、改題・改稿のうえ、書籍化したものです。

小《ちい》さな大魔法使《だいまほうつか》いの自分探《じぶんさが》しの旅《たび》
親《おや》に見捨《みす》てられたけど、無自覚《むじかく》チートで街《まち》の人《ひと》を笑顔《えがお》にします

藤 なごみ（ふじ なごみ）

2024年 6月30日初版発行

編集－小島正寛・芦田尚
編集長－太田鉄平
発行者－梶本雄介
発行所－株式会社アルファポリス
〒150-6019 東京都渋谷区恵比寿4-20-3 恵比寿ｶﾞｰﾃﾞﾝﾌﾟﾚｲｽﾀﾜｰ19F
TEL 03-6277-1601（営業） 03-6277-1602（編集）
URL https://www.alphapolis.co.jp/
発売元－株式会社星雲社（共同出版社・流通責任出版社）
〒112-0005 東京都文京区水道1-3-30
TEL 03-3868-3275
装丁・本文イラスト－駒木日々
装丁デザイン－AFTERGLOW
印刷－中央精版印刷株式会社

価格はカバーに表示されてあります。

落丁乱丁の場合はアルファポリスまでご連絡ください。

送料は小社負担でお取り替えします。

ISBN 978-4-434-34068-0 C0093